Theiling/Szczepanski/Lob-Corzilius   Der Luftikurs

Dipl.-Psych. Stephan Theiling
Dr. med. Rüdiger Szczepanski
Dr. med. Thomas Lob-Corzilius

Der Luftikurs

Ein fröhliches Lern- und Lesebuch
für Kinder mit Asthma und ihre Eltern

≡ **TRIAS** THIEME HIPPOKRATES ENKE

Anschrift der Autoren:

Dipl.-Psych. Stephan Theiling
Dr. med. Rüdiger Szczepanski
Dr. med. Thomas Lob-Corzilius
Kinderhospital Osnabrück
Iburger Straße 187
D-4500 Osnabrück

Umschlaggestaltung und Konzeption
der Typographie:
B. und H. P. Willberg, Eppstein/Ts.

Umschlagzeichnung und
Textzeichnungen:
Friedrich Hartmann, Stuttgart

Die Deutsche Bibliothek –
CIP-Einheitsaufnahme

Theiling, Stephan:
Der Luftikurs : ein fröhliches Lern-
und Lesebuch für Kinder mit Asthma
und ihre Eltern / Stephan Theiling ;
Rüdiger Szczepanski ; Thomas Lob-
Corzilius. – Stuttgart : TRIAS –
Thieme Hippokrates Enke, 1992
NE: Szczepanski, Rüdiger:; Lob-
Corzilius, Thomas:

Gedruckt auf Papier mit chlorfrei
gebleichtem Zellstoff

© 1992 Georg Thieme Verlag
Rüdigerstraße 14
D-7000 Stuttgart 30
Printed in Germany
Satz: Gulde-Druck GmbH, Tübingen
(gesetzt auf Linotype System 4
[300 LTC])
Druck: Gutmann, Heilbronn

ISBN 3-89373-199-7   1 2 3 4 5 6

Wichtiger Hinweis: Wie jede Wissenschaft ist die Medizin ständigen Entwicklungen unterworfen. Forschung und klinische Erfahrung erweitern unsere Erkenntnisse, insbesondere was Behandlung und medikamentöse Therapie anbelangt. Soweit in diesem Werk eine Dosierung oder eine Applikation erwähnt wird, darf der Leser zwar darauf vertrauen, daß Autoren, Herausgeber und Verlag große Sorgfalt darauf verwandt haben, daß diese Angabe dem Wissensstand bei Fertigstellung des Werkes entspricht.

Für Angaben über Dosierungsanweisungen und Applikationsformen kann vom Verlag jedoch keine Gewähr übernommen werden. Jeder Benutzer ist angehalten, durch sorgfältige Prüfung der Beipackzettel der verwendeten Präparate und gegebenenfalls nach Konsultation eines Spezialisten festzustellen, ob die dort gegebene Empfehlung für Dosierungen oder die Beachtung von Kontraindikationen gegenüber der Angabe in diesem Buch abweicht. Eine solche Prüfung ist besonders wichtig bei selten verwendeten Präparaten oder solchen, die neu auf den Markt gebracht worden sind. Jede Dosierung oder Applikation erfolgt auf eigene Gefahr des Benutzers. Autoren und Verlag appellieren an jeden Benutzer, ihm etwa auffallende Ungenauigkeiten dem Verlag mitzuteilen.

Die Autoren und Mitarbeiter an diesem Buch:

Für die medizinischen Aussagen im »Luftiku(r)s«
sind verantwortlich:

Rüdiger Szczepanski, Thomas Lob-Corzilius und Sabine Schmidt.

Für die psychologischen Aussagen im »Luftiku(r)s«
sind verantwortlich:

Josef Könning, Arist v. Schlippe und Stephan Theiling.

Das Vorliegen dieses Buches wäre ohne das Miteinander des Ge-
samt-»Luftiku(r)s«-Teams und der Psychologie-Diplomanden der
Universität Osnabrück nicht möglich gewesen.
Dazu gehören des weiteren:

Petra Bartram-Burde,
Ulla Diekkrüger,
Judith Fortmann,
Roswitha Luttmer,
die Kinderkrankenschwestern der Allergiestation,
Jürgen Kriz,
Heike Niehaus,
Maria Schon,
Sigrun Thiele-Wöbse

Frau Elsner hat das Skript zu diesem Buch auf dem PC erstellt und
bearbeitet.

Zu diesem Buch

In unserer praktischen Tätigkeit mit asthmabetroffenen Kindern und Jugendlichen und deren Familien haben wir sehr häufig erlebt, daß Kinder und Jugendliche oft keine angemessenen Vorstellungen davon haben, was Asthma ist, was in ihren Körpern vorgeht, warum sie bestimmte Therapien durchführen sollen, und vieles mehr.

Das mag zum Teil daran liegen, daß wir Erwachsenen oft genug glauben, unsere Kinder würden schwierige Zusammenhänge nicht verstehen. Teilweise können wir Phänomene wie Atmen, Atemnot und Wirkungsweise von Medikamenten – um nur einige Beispiele zu nennen – selbst nicht begreifen, geschweige denn, sie unseren Kindern vermitteln.

Die Entwicklungspsychologie zeigt jedoch: Kinder denken nicht weniger als Erwachsene, sie denken nur anders.

Das bedeutet, daß wir Erwachsene uns mit unseren Erklärungen und Ausdrucksweisen an der jeweiligen Entwicklungs- und Verständnisstufe des Kindes/Jugendlichen orientieren müssen.

Oft genug wird auch uns Erwachsenen manches erst klar, wenn wir versucht haben, gemeinsam mit unseren Kindern »erkennen« und »verstehen« zu lernen. Deshalb sind wir Autoren den Kindern, die wir betreut haben, dankbar. Durch sie haben wir viele Dinge gelernt und erfahren, die somit auch in dieses Buch einfließen konnten.

Die Wurzeln dieses Buches stecken in »Luftiku(r)s«, einem Asthmabetreuungskonzept, das seit 1988 in Kooperation zwischen Kinderhospital Osnabrück und der Universität Osnabrück entwickelt und erprobt wurde. Wir haben das Buch mit dem Anspruch geschrieben, daß Kinder/Jugendliche und Erwachsene die wichtigsten Aspekte der chronischen Krankheit Asthma bronchiale kennen und **verstehen** lernen, und zwar so, daß das (Vor-)Lesen auch noch Spaß macht.

In diesem Buch werden unter der Formel »Asthma ist eine Krankheit, die behandelt und bewältigt werden muß«, die vielfältigen Herausforderungen der chronischen Erkrankung an die Familie als Ganzes beschrieben. Dabei sind sowohl psychosoziale und physiotherapeutische Krankheitsaspekte als auch die neuesten medizinischen Erfordernisse der Kinderärzte, die sich führend in Europa mit Asthma beschäftigen, eingeflossen.

Wir danken allen, die unser »Luftiku(r)s«-Team in irgendeiner Art und Weise unterstützt haben. Ohne diese Unterstützung würde es diesen Ratgeber heute nicht geben.

Interessiert sind wir an Ihren/Euren Rückmeldungen und Anregungen zu diesem Buch.

Die Autorengruppe

Der Kinderteil

Die Hauptpersonen

Hallo, ich heiße Beate und bin 8 Jahre alt. Ich esse gerne Nudeln und Pommes. Ich mag keine ungerechten Lehrer und auch nicht, wenn mein großer Bruder doll angibt, was er alles kann. Übrigens, meine Eltern sagen, daß ich Asthma habe.

Hey, ich bin der Ben. Ich bin 11 Jahre alt und fahre gerne Skateboard. Mein Lieblingsessen ist Pizza. Das Inhalieren kann ich überhaupt nicht leiden. Meine Eltern sagen allerdings immer, daß ich inhalieren soll, weil ich Asthma habe.

Und ich bin der Lufti. Ich wohne seit 4 Jahren im Kinderhospital in Osnabrück. Dort habe ich eine Menge über Asthma erfahren und gelernt. Seit meiner Geburt habe ich Asthma.
Ach ja, ich faulenze gerne herum und esse liebend gerne Hähnchen.
Pst, kommt einmal dichter ran. Hi, hi, ich glaube, Ben und Beate wissen wenig über Asthma, aber denen kann ich helfen. Wißt Ihr denn, wie Eure Atmung funktioniert, was Asthma ist und was man dagegen tun kann? Auch nicht? Na, dann lest mal weiter.

Wie atmest Du?

Beate:	Ich habe keine Lust mehr zu diesem langweiligen Inhalieren. Wozu muß ich das überhaupt machen?
Ben:	Mir stinkt das auch! Immer das gleiche. Außerdem geht es mir doch gut, wieso also Inhalieren?
LUFTI:	Ich lach' mich ja schlapp. Ihr habt Asthma und wißt noch nicht mal, warum ihr inhalieren sollt? Wißt Ihr denn, was Asthma überhaupt ist?
Ben und *Beate:*	Nö, eigentlich nicht.
LUFTI:	Wißt ihr denn, wie das Ein- und Ausatmen der Luft in Eurem Körper geschieht?

Ben und Beate schauen sich ratlos an.

Ben:	Darüber habe ich noch nie nachgedacht.
Beate:	Ist das denn wichtig?

LUFTI: Na logisch! Wenn Ihr nicht wißt, wie Ihr atmet und was Asthma ist, dann könnt Ihr auch nicht verstehen, warum Ihr inhalieren sollt.

Beate: Wenn's nicht allzu langweilig wird, kannst Du ja mal erzählen.

Ben: *(Stöhnt)* Wenn's sein muß.

LUFTI: Ich zeig' Euch mal meinen »Zaubermann«:

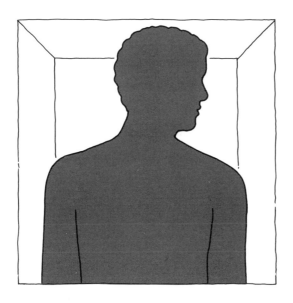

LUFTI: Wißt Ihr, was das ist?

Beate: Natürlich, irgendein Mensch, aber warum ist der schwarz?

LUFTI: Wenn ich zaubere, Abrakadabra, dann kann ich das Licht innen im Zaubermann anknipsen. Der ganze Körper ist jetzt aus Glas. Ihr könnt wie durch ein Fenster hineingucken. So sieht das in jedem Menschen innen aus, bei Euch und auch bei mir.

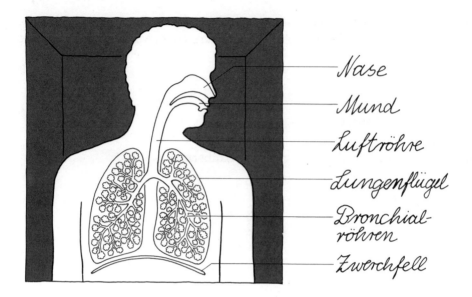

Nase
Mund
Luftröhre
Lungenflügel
Bronchial-
röhren
Zwerchfell

Ben und *Beate:*	Was? Bei uns sieht das auch so aus? Was bedeuten denn die vielen Striche, die da in Deinem Zaubermann drin sind?
LUFTI:	Na, das da oben am Kopf kennt ihr doch wohl?
Ben:	Da sitzen die **Nase** und der **Mund**.
Beate:	Genau, da strömt die Luft hinein und heraus.

Ben, Beate und Lufti sitzen da und atmen einige Male feste ein und aus, ein und aus ...

LUFTI: Merkt Ihr denn, wo die Luft hinwandert, wenn Ihr eingeatmet habt?

Ben: *(Faßt sich auf den Bauch)* Hierhin, mein Bauch geht immer hoch und runter.

LUFTI: Nee, die Luft wandert nicht in den Bauch, sie flutscht in die **Lunge.** Die Lunge sitzt da oben im **Brustkorb**, wie Ihr es beim Zaubermann seht. Zeigt mir einmal, wo sitzt denn Eure Lunge?

Ben und Beate legen ihre beiden Hände auf ihren Brustkorb, dort wo die Lunge sitzt.

Beate: Aha, die Luft wandert also durch die Nase und den Mund in den Körper hinein. Durch den Hals flutscht sie …

LUFTI: … genau, im Hals sitzt die **Luftröhre.** Sie ist wie ein dicker Strohhalm, durch den Ihr pusten könnt.

Beate: … durch diese Luftröhre zu den beiden Lungenflügeln.

Ben: Ach so, die Luft landet also gar nicht im Bauch. Sie landet ein Stockwerk höher. Und wie heißen noch mal diese beiden großen Teile, die wie Schnitzel aussehen?

Beate: Na, **Lungenflügel,** hat Lufti doch schon gesagt. Aber was sitzt dort in den Lungenflügeln? Das sieht ja aus wie Broccoli.

LUFTI: Das, was Du Broccoli genannt hast, sind die **Bronchien.**

Ben: Bronchien? Kapiere ich nicht.

LUFTI: Bronchien sind Röhrchen, wie ein Strohhalm oder wie die Papprolle vom Klopapier. Ihr könnt dort durchgucken und Luft hindurchpusten.
In den Lungenflügeln sind die Röhrchen natürlich viel kleiner und feiner, als bei einer richtigen Papprolle. Teilweise sind sie so klein wie ein einzelnes Eurer Haare.

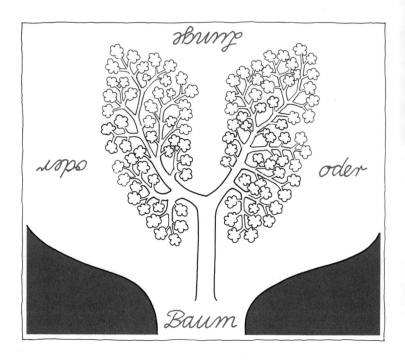

In der Lunge sieht es genau wie bei einem richtigen Baum aus. Es gibt dicke und dünne Äste. Auch die Bronchien-Röhrchen werden immer kleiner und feiner. Am Ende der Röhrchen, da wo beim Baum die Blätter sitzen, sind hier die **Lungenbläschen.** Ihr könnt Euch das auch so vorstellen, wie bei einem großen Ast mit Weintrauben oder wie beim Broccoli.

Ben:
Aha, jetzt wird mir klarer: Die Luft wandert durch die Nase und den Mund …

… und von dort zum Hals, durch den Gartenschlauch, der Luftröhre heißt, …

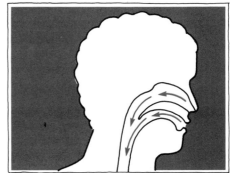

… hin zu den beiden Lungenflügeln …
… wo die Luft sich in die vielen, kleinen Bronchien-Röhrchen verteilt.

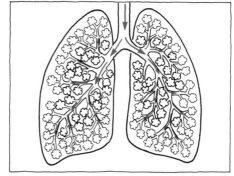

LUFTI:
Und am Ende der Röhrchen wird der **Sauerstoff** aus der Luft in den Körper weitergegeben. Eure Körper brauchen Sauerstoff, damit Ihr toben, radfahren, schlafen usw. könnt. Der Sauerstoff ist für Euch genauso wichtig, wie Benzin fürs Auto. Ohne Benzin steht das Auto still.

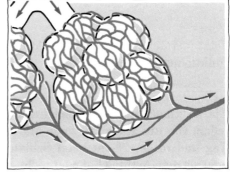

Beate:
Und was atmen wir aus?

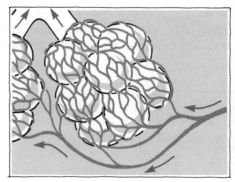

LUFTI:
Durch das Toben, Spielen usw. entstehen im Körper Abgase, ähnlich wie beim Auto.
Diese Abgase heißen beim Menschen Kohlendioxide und wandern zurück in die Lunge.

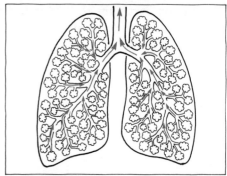

Von dort strömen sie durch die Luftröhre wieder zu Mund und Nase hinaus.

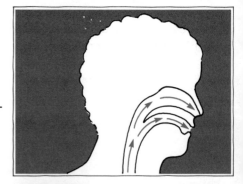

Ben:
Jetzt verstehe ich, wie die Atmung funktioniert.

LUFTI:
Tja, so atmet Ihr. Und all das findet bei jedem von uns statt, tausende Mal am Tag und in der Nacht beim Schlafen, egal, ob man Asthma hat oder nicht.

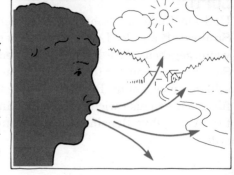

Merkbox

Jeder Mensch braucht Luft zum Leben, die ein- und ausgeatmet wird. Das Ein- und Ausatmen kannst Du beobachten, wenn Du darauf achtest, wie Dein Brustkorb sich beim Einatmen ausdehnt und beim Ausatmen wieder zusammenzieht.

Die Luft wandert durch Nase und Mund in den Rachenraum. Durch die Luftröhre wandert sie zu den beiden Lungenflügeln, die in Deinem Brustkorb sitzen.

In den Lungenflügeln sitzen die Bronchien. Es handelt sich dabei um ein immer feiner werdendes Röhrchensystem, in das sich die Luft verteilt. Der Sauerstoff aus der Luft wird von den feinsten Bronchien an Dein Blut abgegeben. Das Blut transportiert den Sauerstoff zu den einzelnen Zellen, wo er verbraucht wird.

Kohlendioxid ist der Abfall, den das Blut zurück zu Deiner Lunge transportiert. Von den Lungenbläschen gelangt das Kohlendioxid durch die Bronchien und die Luftröhre, durch Mund und Nase nach draußen.

Was ist Asthma?

Ben: Jetzt weiß ich aber immer noch nicht, was Asthma ist.

Beate: Genau! Bis jetzt ist das ja puppig. Asthma ist bestimmt was Schwieriges.

LUFTI: Quatsch, guckt Euch mal meine Super-Bronchus-Röhre hier an. Da können wir sogar durchkriechen. Die habe ich aus meiner Lunge heraus gezaubert und vergrößert, denn in Wirklichkeit sind die Röhren viel kleiner, wie Ihr ja eben gehört habt (s. S. 16).

Ben: Jetzt will ich aber auch mal zaubern. Hokuspokus fidibus, ich verzaubere uns jetzt in Luft. Wir sind nicht mehr Beate, Lufti und Ben, sondern Luft.

Lufti und Beate lachen laut und werden ganz aufgeregt.

LUFTI: Und jetzt wandern wir als Luft durch die Lungenröhre.

Beate: Das geht ja locker, da habe ich keine Schwierigkeiten.

Ben: Genau, die Luft flutscht gut durch die Röhre.

LUFTI: *(Grinst)* Wartet es ab.

Lufti stopft die Decken und das Kissen von Beates Bett in die Super-Bronchus-Röhre.

Na, liebe Luft, versucht es jetzt noch einmal.

LUFTI: Jetzt drücke ich die Röhre auch noch etwas zu.

Beate: Oh, da bleibt ja noch weniger Platz für uns Luft zum Hindurchgleiten.

LUFTI:	Und genau das findet statt, wenn ihr **Luftnot** bekommt: Der Platz für die Luft in den Röhrchen wird total eng. Die Luft wandert gut in die Lunge hinein, kann aber nicht wieder gut hinaus. Das ist wie bei einem aufgeblasenen Luftballon, den man oben zuhält.
Beate:	Logo, da geht die Luft auch nur langsam heraus und das piept so.
Ben:	*(staunt)* Und so ist das auch bei meiner Lunge?
LUFTI:	So ähnlich jedenfalls. Bei Luftnot entstehen in den Bronchus-Röhrchen »**Die Drei Dicken**«.
Ben:	Wer sind denn »Die Drei Dicken«?
Beate:	Nun halte doch mal die Klappe und laß Lufti weiterreden.

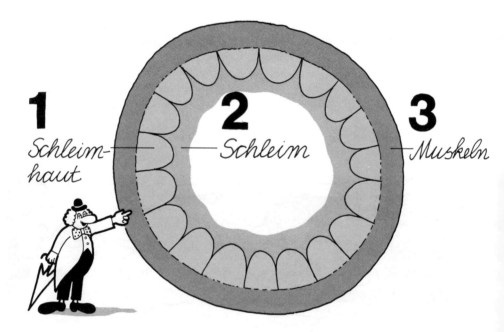

LUFTI:	Auf diesem Bild seht Ihr in der Mitte so etwas weißes. Das ist in der Bronchus-Röhre der Teil, durch den Luft hindurchwandert. Wenn Ihr durch unseren Kriechtunnel schaut, seht Ihr diesen Platz.

Beate:	Und wer sind »**Die Drei Dicken**«?
LUFTI:	Der erste Dicke ist die **Schleimhaut,** die in den Röhrchen sitzt.
Beate:	Was ist das, eine Schleimhaut?
LUFTI:	Lutsch mit Deiner Zungenspitze doch einmal an der Innenseite der Backe.
Beate:	Oh, das ist ja voll glitschig.
LUFTI:	So ist das auch in den Bronchus-Röhrchen. Die Schleimhaut ist die Fabrik für den **Schleim.**
Ben:	Schleim? Du meinst dieses Glibberzeug, das ich manchmal morgens ausspucke?
LUFTI:	Ja, der Schleim wird bei zunehmender Luftnot immer mehr und immer dickflüssiger, wie Honig. Er verstopft die Röhrchen.
Ben:	Und der dritte Dicke?
LUFTI:	Das sind die **Muskeln,** ganz außen. Wenn die sich zusammenziehen, wird der Platz für die Luft noch mehr eingeengt.
Ben:	*(spannt seine Armmuskeln an)* Ist das wie mit meinen Muckis?
Beate:	Angeber!
LUFTI:	Genau, wenn Du sie anspannst, werden sie dicker.
Ben:	Aha, also jedes Röhrchen ist gebaut aus Schleimhaut, Schleim und Muskeln.
Beate:	Und beim Asthma werden »**Die Drei Dicken**« immer dicker und lassen keinen Platz mehr für die Luft?
LUFTI:	Toll, Ihr habt das schon gut verstanden. Der Schleim wird immer dicker und zäher. Die Schleimhaut schwillt an und die Muskeln verdicken sich. Die Luft kann schlechter durch die Röhrchen strömen. Das nennen wir Asthma.

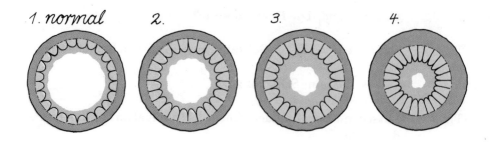

1. normal 2. 3. 4.

Ben:	Ist denn nur auf der 4. Scheibe Asthma?
LUFTI:	Nein, auf der 4. Scheibe bekommt man fast überhaupt keine Luft mehr.
Beate:	Das hatte ich schon mal. Da konnte ich nicht mal mehr zur Garage gehen.
LUFTI:	So, wie auf der 2. Scheibe ist es, wenn Du beim Fußballspielen tobst und dabei hustest!
Ben:	… oder wenn ich beim Skateboardfahren schlechter Luft kriege?
LUFTI:	Richtig.
Beate:	**Wo kommt das Asthma denn her?**
Ben:	**Warum habe ausgerechnet ich Asthma? Warum hat es meine Schwester nicht?**
LUFTI:	Puh, das sind schwere Fragen. So genau wissen die Ärzte das auch noch nicht. Auf jeden Fall habt Ihr oder Eure Eltern keine Schuld daran, daß Ihr Asthma habt.
Beate:	Ich habe es ja schon seit der Geburt. Meine Mutti hat mir gesagt, ich habe das Asthma vererbt bekommen.
LUFTI:	Richtig, Vererbung spielt eine wichtige Rolle. Aber nicht jedes Kind, das Eltern oder Großeltern mit Asthma hat, muß selber Asthma bekommen. Das Asthma wird versteckt vererbt. Bei manchen kommt es zum Vorschein, bei manchen nicht.

Ben: Aha. Mein Vati sagt immer, meine Schwester hat ihren Locken-
              kopf von unserer Mutti geerbt. Ich habe das nicht von ihr be-
              kommen.

LUFTI: Ja, so ähnlich geht das. Außerdem sind die vielen miesen Abga-
              se aus den Schornsteinen und Autos auch nicht gut für die
              Lunge. Viele schwere Erkältungen fördern auch, daß ein Kind
              Asthma bekommen kann.

Beate: **Und ist Asthma eine ansteckende Krankheit?**

LUFTI: Nein, nein, Ihr könnt keine anderen Kinder damit anstecken!

Ben: Ich will nur wissen, ob das Asthma auch wieder weggeht?

LUFTI: Heh, heh, jetzt seit ihr wohl neugierig geworden?

Merkbox

Die Röhrchen (Bronchien) in Deinen beiden Lungenflügeln bestehen aus einer äußeren Schicht Muskeln und einer Schleimhautschicht. Die Schleimhaut bildet Schleim. Das gilt für jeden, egal ob er Asthma hat oder nicht. Wenn Du Luftnot bekommst, verengen sich die Bronchien: Die Schleimhaut schwillt an, sie ist entzündet, der Schleim wird mehr und zähflüssiger. Die Muskeln verkrampfen und verdicken sich. **Diese drei Vorgänge sind »Die Drei Dicken«.** Sie bewirken, daß die Luft schlechter durch die Röhrchen gleiten kann. Die Luft sammelt sich somit in der Lunge und kann nicht mehr so gut ausgeatmet werden.

Auf den vier Scheiben kannst Du sehen, wie die Luftnot verschieden stark sein kann, bis hin zu einem richtigen Anfall. Asthma ist also nicht nur ein Anfall, sondern auch das Husten, Brummen und Pfeifen, das Du manchmal hörst. Asthma ist nicht ansteckend. Du und Deine Eltern haben keine Schuld daran, daß Du Asthma hast. Warum Du es ausgerechnet hast, wissen die Ärzte noch nicht so genau. Vererbung, Umwelt und schwere Erkältungen spielen eine wichtige Rolle.

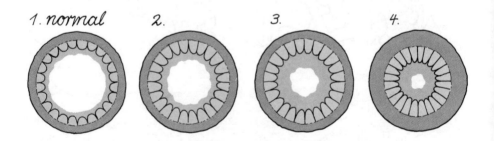

1. normal   2.   3.   4.

Wodurch wird Asthma ausgelöst und wie stellt Dein Arzt fest, ob Du Asthma hast?

LUFTI: Wißt Ihr denn, wie ein Arzt herausfindet, ob ein Kind Asthma hat?

Beate: So genau nicht. Er untersucht, glaube ich den Körper und fragt uns Löcher in den Bauch.

Ben: Mir haben sie da auch Blut abgenommen, aber das hat gar nicht weh getan. Die Schwester hat gesagt, man darf ruhig ein bißchen weinen. Das fand ich ganz gut von ihr.

LUFTI: Der Arzt muß wie ein **Kommissar** eine gute Spürnase haben, wenn er herausfinden will, ob ein Kind Asthma hat.

Ben: Ein Kommissar? Das ist doch einer, der alles ganz genau nimmt und sogar mit der Lupe nach Spuren sucht.

LUFTI: Richtig, er forscht nach Dingen, die Asthma **auslösen,** wie ein Kommissar, der nach Verbrecherspuren sucht.

Beate: Du machst Witze: Meine Ärztin als Kommissarin? Zum Lachen.

LUFTI: Der Arzt führt ein Kommissar-Gespräch mit Euch und Euren
              Eltern. Er versucht herauszufinden, welches Eure **Asthma-**
              Auslöser sind.
              Dazu stellt er viele Fragen zum Alltag. Zum Beispiel, wie oft
              kriegst Du Luftnot? In welchen Situationen mußt Du husten?
              Kannst Du länger laufen als Deine Freunde?

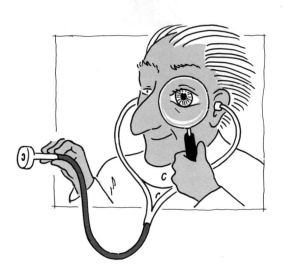

Ben: Was sind das, Auslöser?

LUFTI: **Auslöser ärgern »Die Drei Dicken« in der Lunge. Ein oder**
              mehrere Auslöser können in der Lunge Luftnot hervor-
              rufen.

Ben: Ach so, Du meinst Auslöser sind die Dinger, die das Asthma in
              der Lunge machen?

LUFTI: Richtig. Kennt ihr bei Euch denn Auslöser, die Luftnot machen?

Beate: Na klar. Bei mir: Hausstaubmilben, Birkenpollen, Katzen und
              viel Toben.

Ben: Hausstaubmilben, was ist das denn?

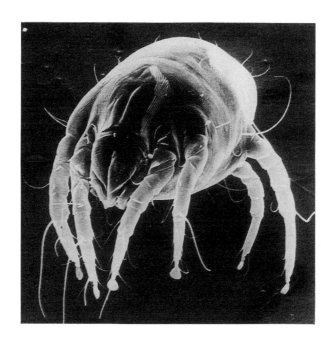

Haus-
staubmilbe

Beate: Das sind klitzekleine Minitierchen, die überall dort leben, wo
Staub ist: In Teppichen, Kuscheltieren, im Sofa, im Bett.
Für die vielen Hausstaubmilben ist es im Bett so schön kusche-
lig und warm. Deshalb habe ich sogar eine andere Bettdecke
und ein anderes Kissen bekommen.
Beides kann meine Mutti waschen.

Ben: Und krabbeln die etwa in den Mund und dann hin zur Lunge?

LUFTI: Nee. Ihr kennt doch bestimmt Staub. Der ist ganz fein. Ihr seht
ihn, wenn Ihr gegen die Sonne aus dem Fenster guckt. Die
winzigen Milben machen auch Staub. Dieser Staub wird zusammen mit dem Hausstaub eingeatmet. Und wenn dieser Staub in
die Lunge gerät, werden »Die Drei Dicken« ganz wild.

Ben: Aha, darum darf ich nicht dabei sein, wenn meine Mutti staub-
saugt und putzt.

Beate: Gibt es denn sonst noch Auslöser?

LUFTI: Oh ja, eine ganze Menge. Hier, ich zeige Euch mal ein Buch, in
dem die wichtigsten Auslöser stehen:

Überempfindlichkeit gegen:
Nüsse
Milbenstaub
Blütenpollen
Schokolade
Ei
Federn
Milch
Gräser
Tierhaare
Schimmel

»Dicke« Luft:
Tabakrauch
Fabrikabgase
Kerzen
Kohleofen
Chlorluft im Schwimmbad
Kohleofen
Autoabgase
Smog
Kaminrauch

Gefühle:
Angst
Schreien
Ärger
Lachen
Kummer
Aufregung

Wetter:
Nebel
Schwüles Wetter
Nässe
Sturm
Kalte Luft

Erkältung:
Schnupfen
Grippe
Husten
Lungenentzündung

Bewegung:
zuviel Rennen
keine Pausen beim Sport und beim Toben
zu schnell Rad fahren

Ben: All' diese Auslöser sollen meine »Drei Dicken« ärgern? Das glaube ich nicht!

LUFTI: Nicht alle Auslöser auf einmal. **Du mußt herausfinden, welche von diesen Auslösern Dein Asthma hervorrufen.** Überleg mal, wie das bei Dir ist. Kreuze Deine Auslöser doch an. Oder mal sie ganz groß auf einen Block.

Beate: Und in dem Kommissargespräch forscht der Arzt danach?

LUFTI: Genau, der untersucht Euch auch am ganzen Körper, hört Eure Lungen mit dem Stethoskop ab ...

Beate: ... ach ja, dieses witzige Brusttelefon, das immer so kalt ist.

LUFTI: ... und wenn der Arzt einen Verdacht hat, was mit Eurer Lunge los ist, muß er verschiedene Tricks anwenden. Er versucht damit zu beweisen, ob er mit seinem Verdacht Recht hat oder nicht.

Ben: Das ist auch richtig so. Das wäre ja noch schöner, wenn einer ins Gefängnis wandert und keine Beweise vorliegen.

Beate: **Mit welchen Tricks arbeitet denn Kommissar Spürnase?**

LUFTI: Es gibt Allergie- und Hautteste ...

Ben: Aha, mir sind da mal Pollen in den Arm geritzt worden. Da sind ganz viele Quaddeln gekommen. Das tat aber nicht weh. Die Quaddeln jucken, als ob man Brennesseln angefaßt hat.

LUFTI: ... Röntgenaufnahmen werden auch gemacht. Da wird ein Foto von der Lunge geschossen. Kommissar Spürnase kann sich das Foto dann angucken. Es sieht so ähnlich aus, wie unser Zaubermann (s. S. 14).

Beate: Gibt es denn noch andere Tricks?

LUFTI: Ja, mehrere. Blutabnehmen ist wichtig, auch wenn es kurz piekt.

Beate: Ich war schon einmal in so einem riesigen Glaskasten. Der sieht so ähnlich aus wie eine Telefonzelle. Da mußte ich auf ein Gummirohr beißen und rein- und rauspusten. Das ging ganz einfach.

Ben: … das ist die Schnüffel-Kiste. Mit Technik kenne ich mich gut
            aus. Da kann man ganz genau messen, wie gut es der Lunge
            geht. Stimmt das, Lufti?

LUFTI: Genau, der Arzt kann mit einer Lungenfunktionsüberprüfung
            noch viel besser erkennen, wie es der Lunge geht, als durch das
            Abhören.

Beate: Ich mußte auch mal so was Komisches einatmen.

LUFTI:	Aha, wenn Kommissar Spürnase den Verdacht hat, daß beispielsweise Birkenpollen bei Dir Asthma auslösen, dann läßt er Dich diese ganz vorsichtig einatmen. Das ist wieder ein Trick, um zu gucken, wie Deine Lunge reagiert.
Beate:	Machen »**Die Drei Dicken**« denn immer sofort Luftnot?
LUFTI:	Manchmal kann es auch einige Stunden dauern, bis die Lunge reagiert.
Beate:	Das hatte ich auch schon einmal. Neulich war ich im Heu bei meinem Onkel. Eigentlich darf ich da nicht hin. Als ich dort gespielt habe, habe ich noch nichts gemerkt. Erst abends haben »**Die Drei Dicken**« zugeschlagen. Ich konnte überhaupt nicht einschlafen.
Ben:	Meine Mutti sagt, ich bin gegen Staub allergisch. **Was ist das eigentlich, allergisch?**
LUFTI:	Es gibt Dinge, die Du einfach nicht ertragen kannst ...
Ben:	Klar, meine kleine Schwester ...
LUFTI:	... quatsch, die Deine Lunge oder Haut nicht haben können. Auf diese Dinge reagieren sie schon bei winzigen Mengen total überempfindlich.
Ben:	Sollte auch nur ein Witz sein.
LUFTI:	Manche Kinder haben auch bei Ärger, Streit, Wut oder Angst etwas Luftnot.
Beate:	Kenn' ich, wenn ich mich mit meinen Eltern streite oder es in der Schule so doof war.
Ben:	**Wie kann man denn die Auslöser bekämpfen und besiegen?**
LUFTI:	Erst einmal müssen Du, Deine Eltern und der Arzt herausfinden, welche Auslöser für Dich gelten. Überlisten kannst Du die Auslöser, indem Du sie **vermeidest.**

Beate: Ach so, die Verteidigung sieht so aus, daß ich denen einfach aus dem Weg gehe.

LUFTI: Genau, immer dann wenn es möglich ist, schlägst Du einen großen Bogen um Deine Auslöser.

Beate: Das ist ja höchst clever: Ich vermeide dann die Luftnot, bevor ich sie überhaupt bekomme.

LUFTI: Klar. Du hast toll aufgepaßt. Ihr könnt mal eine Liste machen, wie Ihr Eure Auslöser meiden könnt.

Merkbox

Auslöser (alleine oder zusammen) bewirken Luftnot. Manche Auslöser wirken sofort. Manchmal dauert es Stunden, bis der Körper reagiert. Jedes Kind hat andere Auslöser. Bei manchen Kindern sind es Hausstaubmilben, Pollen oder Erkältungen. Bei anderen sind es Tierhaare, kaltes Wetter usw. Schau Dir die Auslöserliste auf Seite 30 an. Welches sind die Auslöser bei Dir?

Der Arzt versucht, mit Dir und Deinen Eltern Deine Auslöser herauszufinden. Dies macht er in einem Gespräch und durch körperliche Untersuchungen. Zu den Untersuchungen gehören Hautteste, Blutuntersuchungen, Lungenfunktionsüberprüfungen und selten Röntgenaufnahmen. Manchmal wird auch ein Allergietest durch Einatmen von Pollen oder Milbenstaub gemacht.

Wenn Du Deine Auslöser kennst, mußt Du es so einrichten, daß Du sie möglichst immer vermeidest.

Welche Körperwarnsignale kannst Du verspüren?

Beate: Mmh, das schmeckt ja super. Erdbeereis mit Sahne, da könnte ich drin baden.

Ben: Ich habe zu Haus schon mal eine ganze Packung Eis allein verdrückt. Zuletzt habe ich gehustet!

LUFTI: Und was hat Dein Bauch dazu gesagt?

Ben: Der hat »Alarm« gefunkt. Es hat ganz schön weh getan. Nachts mußte ich mich übergeben.

Beate: Wird beim Asthma eigentlich auch Alarm gefunkt? So als Vorwarnung, wie eine Hupe beim Auto, wenn es brenzelig wird?

Ben: Hi, hi, meinst Du, das Asthma gibt Funkzeichen: »Hup, hup, hallo, liebe Beate, ich komme gleich?«

LUFTI:	Doch, so ähnlich läuft das schon. Euer Körper sendet **Warnsignale** aus. Die zeigen an, daß es der Lunge schlechter geht, daß Ihr Luftnot habt oder sogar bald einen Anfall bekommt.
Beate:	*(Ungläubig)* Tatsächlich? Dann wird man schon vorher gewarnt. Was sind denn das für Signale?
LUFTI:	Na, Ihr beiden habt doch Asthma. Wie meldet sich der Körper denn bei Euch?
Beate:	Ich weiß nicht. Bei mir ist das mit einmal da. *(Überlegt)* Ich muß dann immer Husten. Es kribbelt dann auch immer so im Hals und in der Brust. Meistens bin ich dann auch schlapp und leg' mich auf mein Bett.
LUFTI:	Habt Ihr denn auch manchmal Musik in Euren Lungen?
Beate:	Ich habe doch keinen Walkman verschluckt!
Beate:	Ich meine, daß es so piept, pfeift und brummt.
Ben:	*(Grinst)* Meine Mutti hört es manchmal sogar im Nebenzimmer.

Beate: Ach so, der Körper funkt Signale, wie es ihm geht. Klar, wenn ich mich freue, kann ich lachen, auch mein Körper strahlt Fröhlichkeit aus … oder wenn ich sauer bin, verziehen Ärger und Wut mein Gesicht. Und wenn ich müde bin, dann gähne ich.

LUFTI: Und was für Warnsignale funkt Dein Körper beim Asthma?

Beate: Ich bekomme dann schlechter Luft und versuche, schneller zu atmen. Dann wird es aber noch schlimmer. Manchmal wird mir auch kurz übel und mein Hals tut weh. Mein Vati sagt, daß er sofort merkt, wenn ich schlecht Luft bekomme. Ich ziehe die Schultern dann so komisch hoch.

LUFTI: Ja, das kenn' ich auch. Mir tränen dann auch die Augen und ich schwitze. Da ist so ein blödes Engegefühl und ich bekomme dann ganz schön Angst.

Beate: Angst habe ich dann auch. Ich denke dann manchmal, daß ich überhaupt keine Luft mehr holen kann.

Ben:	**Was soll ich denn machen, wenn ich meine Warnsignale merke?**
Beate:	Na, weiter toben und Fußball spielen ja wohl nicht.
Ben:	Scherzkeks.
LUFTI:	Was macht ihr denn, wenn Eure Signale Euch warnen?
Beate:	Bei einer Warnung? Na, da paß' ich besonders gut auf und schone mich. Ich versuche zu verhindern, daß »**Die Drei Dicken**« weiter zuschlagen.
Ben:	Wie das denn?
Beate:	Ich lege mich auf mein Bett und ruhe mich aus. Dann ist es auch wohl wichtig, alle Medikamente richtig zu nehmen, oder?
LUFTI:	… Ich denke schon.
Beate:	Mir hilft es dann auch, wenn meine Mutti oder mein Vater mich trösten und streicheln.
Ben:	Und beim Fußball? Da habe ich kein Bett stehen. Meine Freunde würden ganz schön blöd gucken und lachen, wenn ich mich mitten im Spiel auf den Fußballplatz legen würde.
Beate:	Na, 'ne Pause machen wird doch wohl drin sein. Einfach ein bißchen ausruhen. Vielleicht verschwinden »**Die Drei Dicken**« dann wieder. Besser rechtzeitig 'ne Pause, als immer weitermachen, bis es immer schlimmer wird oder zu einem Anfall kommt.
Ben:	Da hast Du schon recht.
Beate:	Neulich bei meiner Theatergruppe habe ich mitten im Spiel doll gehustet, und das hat so merkwürdig gebrummt. Da habe ich den anderen gesagt, daß ich Asthma habe und eine kurze Pause machen muß. Die haben das verstanden. Und wenn sie über mich gelacht hätten, wären sie auch keine richtigen Freunde. Gute Freunde lassen sich erklären, was Asthma ist und was beim Asthma passiert.
Ben:	Das könnte ich ja beim Fußball auch so sagen.

Beate:	Genau. Du sagst: »Ich habe Asthma, da kriege ich manchmal nicht so gut Luft und brauche eine Pause.«
LUFTI:	In der Pause oder auf dem Bett zu Hause könnt Ihr dann auch die Hängebauchlage und die Lippenbremse machen und ein Dosierspray nehmen, wenn Hängebauchlage und Lippenbremse nicht ausreichend helfen. Was das ist und wie das geht, erzähle ich Euch später einmal. Erst will ich mein Eis weiter genießen.

Merkbox

Warnsignale sind Zeichen, die Dein Körper aussendet, wenn vielleicht ein Asthmaanfall kommt. Körpersignale können dabei sein: Husten, schwieriges Atmen, Pfeifen, Piepen, Brummen, schnellere Atmung, Übelkeit, Schmerzen und Kribbeln in der Brust, Engegefühl in der Brust, Schmerzen im Hals, hochgezogene Schultern, Müdigkeit, Schlafen im Sitzen, Schwitzen, Augentränen.

Asthma ist also nicht nur spürbar, wenn Du einen Anfall hast, sondern tagtäglich, bei den verschiedensten Aktivitäten. Was sind Deine Signale? Schreibe sie auf! Was kannst Du tun, wenn Du Deine Warnsignale spürst?

In jedem Fall ist es besser, rechtzeitig eine Pause zu machen, da sonst die Luftnot immer schlimmer werden kann. Hier solltest Du Dich nicht schämen, dies auch vor Deinen Freunden einzugestehen. Gute Freunde haben Verständnis und nehmen Rücksicht. Freunde, die Dich auslachen, wissen meist gar nicht, was Asthma überhaupt ist.

Wie wirst Du ein guter Lungendetektiv?

Ben: Gestern nachmittag habe ich einen tollen Film im Fernsehen gesehen. Der Kommissar war echt Spitze, der hatte sogar ein fliegendes Auto.

Beate: Oh, super, ich finde Kommissarfilme spannend. Hat Dein Arzt auch als Spürnasen-Kommissar mitgespielt?

Ben: Quatsch mit Soße, da gab es nur richtige Kommissare, mit Schießen und Karate.

LUFTI: Aha. Schießen und Karate findest Du wichtig für Kommissare. Das sehe ich aber anders. Kommissare, die ich kenne, sind eher Super-Spürnasen. Sie können alles genau beobachten und aufspüren. Sie passen genau auf und kombinieren scharf. Übrigens, wollt Ihr auch Detektiv werden? So richtige »**Asthma-Lungendetektive**«?

Ben: Lungendetektiv? Was soll das denn heißen? Soll ich auf meine eigene Lunge schießen, ich bin doch nicht blöd.

LUFTI: Nee, nee. Ein Asthma-Lungendetektiv ist gewitzt und clever. Er kann genau feststellen, was an der Lunge los ist, wie es ihr geht. Ein Lungendetektiv kann auftretende Gefahren an der Lunge sofort erkennen. Er merkt ganz früh, wenn »**Die Drei Dicken**« anfangen, Mist zu machen. Er weiß auch, wie er dann handeln muß. So etwas kann nicht jeder!

Beate: Ich begreife noch nicht, wie das laufen soll.

Ben: Ich würde ja gern auch ein Detektiv werden, aber wie geht das?

LUFTI: Ihr müßt nur lernen, in Euren Körper hineinzuhorchen. Stellt Euch ganz einfach hin und legt Eure beiden Hände auf Eure Lungenflügel. Schiebt ruhig die Pullis hoch und legt die Hände auf die nackte Haut. So könnt Ihr Euch am besten spüren. Jetzt atmet tief ein und aus, ein und aus. …

Ben
und *Beate:* Oh, die Hände gehen ja richtig rauf und runter.

LUFTI: Das ist ein gutes Zeichen. Es bedeutet, daß die Luft gut in den Brustkorb wandert, in die Lunge ein- und ausströmt. Ist es auf beiden Seiten gleich oder merkt ihr einen Unterschied? Was spürt ihr? Hört ihr etwas? Piept es oder brummt es? Horcht in Euch hinein!

Beate: *(Nach einer Weile)* Bei mir piept es ein wenig. Unterschiede von
            den Seiten merke ich nicht.

Ben: Ich höre bei mir nichts.

LUFTI: Spürt ihr denn unter den Händen ein Kitzeln oder Rasseln?

Ben: Bei mir kitzelt es ein wenig unter den Händen. Was ist das?

LUFTI: Das ist der Schleim, der in den Röhrchen klebt. Atmet noch mal
            mit offenem Mund.

Ben: *(Räuspert sich etwas)* Bei mir kitzelt das jetzt auch so.

LUFTI: Genau. Ihr als Detektive müßt auch erspüren, ob Ihr hustet
            oder Euch räuspern müßt.
            Laßt mich mal mit dem Brust-Telefon hören, wie es Euren
            Lungen geht.

Beate: Jetzt spielst Du wohl Kommissar Spürnase?

LUFTI: Wie atmet Ihr denn, Ihr Lungendetektive?

Ben: Ich bin etwas verschleimt und muß husten.

LUFTI: Und wie sieht es in Deiner Lunge jetzt aus? Denk einmal an die Scheiben mit den »**Drei Dicken**«.

Ben: Ich glaube, wie auf der 2. Scheibe.

LUFTI: *(Zu Beate)* Und bei Dir?

Beate: Oh, bei mir piept es ganz schön doll. Das kommt wohl vom vielen Radfahren. Ich habe heute auch noch nicht inhaliert. Mir geht es wie auf der 3. Scheibe.

Ben: Du Lufti, Du bist ja ein richtiger Detektivausbilder.

LUFTI: Ist doch ein Kinderspiel. Wenn Du das 4 bis 5mal geübt hast, kapierst Du das automatisch.

Schau Dir Ben auf der nächsten Seite an.

LUFTI: Jeder kann so selbständig und ohne Hilfe feststellen, wie es der Lunge geht. Gefahr erkannt, Gefahr gebannt!

Beate: Und ich weiß dann, wann ich aufpassen muß.

Wie geht es
der Lunge?
Zeigt es an den
Scheiben mit den
»Drei Dicken«!

Hört Ihr es
brummen oder
pfeifen?

Müßt Ihr
husten oder Euch
räuspern?

Bewegen sich
Eure Hände beim
Atmen?
Bewegt sich
der Brustkorb?

Spürt Ihr
unter den Händen
ein Kitzeln?

Merkt Ihr
Seitenunter-
schiede?

Das peak-flow-Meßgerät

LUFTI:	Soll ich Euch noch verraten, wie aus einem einfachen Lungen-detektiv ein »**Meister-Lungendetektiv**« wird?
Ben und *Beate:*	Au ja. Das ist ja die Krönung.
LUFTI:	Hier, mit diesem Gerät kann man auch überprüfen, wie es der Lunge geht.
Ben:	Was ist denn das für ein Ding?

LUFTI:
Das ist ein piek-flo-Meter (englisch richtig: peak-flow = Spitzenfluß). Aber das tragt Ihr ja nicht ständig mit Euch herum.

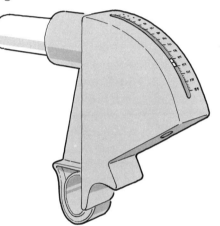

Ben:
Oh, da sind ja ganz viele Striche und Zahlen.

LUFTI:
Da kannst Du ablesen, wieviel Du gepustet hast.

Beate:
Zeig' mal, wie geht das?

LUFTI:
Willst du es mal ausprobieren?
Es geht ganz leicht. Du mußt Dich hin-stellen und den Zeiger am Gerät auf 0 stellen. Bei manchen Geräten mußt Du aufpassen, daß Du den Zeiger nicht festhältst.
Jetzt sollst Du so tief wie möglich einat-men. Nimm jetzt das Mundstück in den Mund und umschließe es gut mit Dei-nen Lippen. Es soll ja kein Luftzipfel-chen danebengehen.

Ben: Und jetzt so doll es geht pusten?

LUFTI: Ja, so kräftig und so schnell wie möglich in das Gerät pusten. So doll, als wenn Du alle Kerzen auf Deiner Geburtstagtorte auf einmal auspusten willst.

Beate: *(Pustet kräftig und schnell)* Das geht ja leicht. Auf 130 steht der Zeiger. Ist das gut?

LUFTI: Erinnere Dich mal an eben, an den Lungendetektiv und die Scheiben.

Beate: Oh, bei mir war Scheibe 3 die richtige. Na, dann ist 130 bei mir wohl jetzt nicht so gut.

LUFTI: Du mußt auf **diesem Gerät** ausprobieren, was **Dein** guter Wert ist. Am besten pustest Du morgens **vor** dem Inhalieren und 20 Minuten **nach** dem Inhalieren. Dann wirst Du nach ein paar Tagen herausgefunden haben, welcher Wert für Dich gut und welcher nicht so gut ist.

Ben: Hat denn jeder seinen eigenen Puste-Wert?

LUFTI: Ja. Jeder muß seine eigenen Werte auf seinem eigenen Gerät herausfinden.
Man sollte nie mehr als dreimal hintereinander in das Gerät pusten. Sonst werden »Die Drei Dicken« zu stark geärgert. Wenn Ihr öfter hintereinander pustet, dann werden die Zahlen immer kleiner.

Beate: Dann können wir ja jetzt einen tollen Wettkampf machen, wer schafft mehr?

Ben: Hast Du nicht gehört? Unser Asthma, unsere Lungen sind verschieden. Die Zahlen können wir gar nicht vergleichen.

LUFTI: Genau. Auch die einzelnen peak-flow-Geräte sind verschieden. Daher sollt Ihr immer den Wert auf **Eurem** eigenen Gerät feststellen, und nur der zählt.

Beate: Ach, so auf verschiedenen Geräten puste ich auch verschiedene Werte.

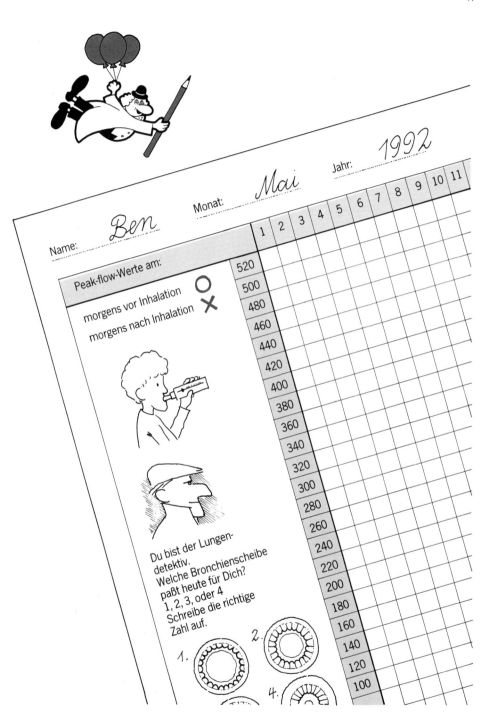

Name: Ben

Monat: Mai

Jahr: 1992

Peak-flow-Werte am:		1	2	3	4	5	6	7	8	9	10	11
morgens vor Inhalation O	520											
morgens nach Inhalation X	500											
	480											
	460											
	440											
	420											
	400											
	380											
	360											
	340											
	320											
	300											
	280											
	260											
	240											
	220											
	200											
	180											
	160											
	140											
	120											
	100											

Du bist der Lungen-
detektiv.
Welche Bronchienscheibe
paßt heute für Dich?
1, 2, 3, oder 4
Schreibe die richtige
Zahl auf.

1. 2. 4.

vollständiger Plan am Ende des Buches

LUFTI: Beim Pusten könnt Ihr auch Lotto spielen: **Vor dem Pusten** gebt Ihr einen Tip ab, was Ihr gleich pusten werdet. Wenn der Tip stimmt, habt Ihr gut in Euch hineingehorcht.

Ben: Ach so, vor dem Pusten immer wie beim Lotto tippen. Bestens! Also erst Lungendetektiv machen, so mit der Hand, wie vorhin, dann kombinieren ..., wieviel puste ich? ..., den Tip abgeben und dann pusten.

LUFTI: Genau. Die Zahlen, die ihr pustet, könnt ihr dann in ein peak-flow-Protokoll eintragen.

Merkbox

Der Lungendetektiv ist eine Selbstbeurteilungstechnik, bei der Du den augenblicklichen Zustand Deiner Lunge einschätzt. Es ist sehr wichtig zu lernen, sich selber beurteilen und einschätzen zu können! Du solltest es immer wieder mit Deinen Eltern und Deinem Arzt üben, damit Du über Deine Lunge gut informiert bist und Dich entsprechend verhalten kannst.

Vor Beginn des Lungendetektives solltest Du mehrere Male in Ruhe und anschließend mit vertiefter Ein- und Ausatmung geatmet haben. Lege dabei Deine Hände seitlich auf den Brustkorb. Horche in Dich hinein! Stelle Dir dabei die Fragen aus der Box auf Seite 44. Falls Du Dir die Fragen noch nicht merken kannst, laß Dich von Deinen Eltern abfragen.

Zusätzlich kannst Du mit dem peak-flow-Meßgerät kontrollieren, wie es Deiner Lunge geht. Dieses Gerät muß Dein Arzt Dir mit einem Rezept verordnen. Das peak-flow-Gerät dient zur Messung der größten Geschwindigkeit der Ausatemluft. Durch seinen Gebrauch kannst Du Störungen in Deiner Lunge frühzeitig und einfach erkennen, auch ohne Deinen Arzt. Empfehlenswert ist, das peak-flow-Meßgerät morgens vor dem Inhalieren und ca. 20 Minuten nach dem Inhalieren zu benutzen. Wenn Du vorher den Lungendetektiv gemacht hast, so macht es Spaß, vor dem peak-flow-Messen zu schätzen, wieviel Du pusten wirst. Dein geschätzter Wert und der tatsächlich gepustete Wert sollten möglichst dicht beieinander liegen. Übe dies doch einfach.

Für Dich, Deine Eltern und Deinen Arzt ist es hilfreich, den Verlauf Deines Asthmas zu überprüfen. Daher ist es sinnvoll, ein peak-flow-Protokoll zu führen. In dieses Protokoll trägst Du die jeweils gepusteten Werte und Deine Selbstbeurteilung ein.

Wie kannst Du Dein Asthma behandeln?

Ben: Kann ich mich denn als guter Lungendetektiv auch selbst behandeln?

Beate: Du hast doch gar keine Ahnung, welche Medikamente Du nehmen mußt!

Ben: Hab ich doch, ich muß z. B. inhalieren, mit … mit, na wie heißt das denn noch?

LUFTI: Vielleicht Ampullen oder so?

Ben: Ja, genau und noch so ein paar Tropfen drin.

LUFTI: Wollt Ihr denn noch mehr wissen über die Medikamente und das Inhaliergerät, und wie Ihr Euch sonst noch helfen könnt?

Beate: Na klar, aber mach es nur nicht langweilig, dann schlafen wir gleich ein. Ich bin ohnehin schon müde.

Vorbeugen und Vermeiden

LUFTI: Okay, ich will's versuchen. Ihr habt doch eben einiges über die Auslöser gehört, oder?

Beate:	**Ja, zum Beispiel die Pollen und die Milben ärgern »Die Drei Dicken«, und dann habe ich Luftnot. Und beim Fahrradfahren muß ich oft Husten und Pfeifen, wie vorhin.**
Ben:	Genau, und ich muß husten, wenn Vati rauchend in mein Zimmer kommt!
LUFTI:	Siehst Du, Ben, wenn Du zu Deinem Vati sagst: »Rauche nicht, wenn ich dabei bin oder ich werfe Dich aus meinem Zimmer raus«, dann hast Du Dein Asthma behandelt. Die Ärzte nennen das Vorbeugung.
Ben:	*(Entrüstet)* Aber ich will mich nicht verbeugen, schon gar nicht vor meinem Vati!
LUFTI und *Beate:*	*(lachen)* Nicht verbeugen, sondern **vorbeugen.** Du kannst Dir ein Schild an Dein Zimmer hängen, auf dem zum Beispiel steht:

Denn Rauchen ist schädlich für Dein Asthma, das müssen auch die Erwachsenen wissen. Und Du kannst es Ihnen verbieten!

Beate:	*(Ganz selbstbewußt)* Ich kann die Pollen vermeiden, wenn ich im Sommer meine Fenster schließe.

Ben:	*(Lacht jetzt)* Du Trottel, aber Du mußt doch zur Schule oder willst ins Freibad, Schwimmen gehen. Da fliegen doch überall Pollen herum.
LUFTI:	Schon richtig Ben, aber zum Beispiel nachts und am frühen Morgen fliegen besonders viele Pollen, und dann liegen wir alle im Bett. Wenn Beate dann die Fenster geschlossen hat, bekommt ihr das gut. Sie hat dann einem Asthmaanfall vorgebeugt.
Beate:	Mein Cousin Peter hat erzählt, er wäscht sich im Frühjahr und Sommer immer abends die Haare. Damit fließen die Pollen aus den Haaren heraus und er kann besser schlafen.
LUFTI:	Ein richtiger Pfiffikus, der Peter. Der ist auf Zack!
Ben:	Ich habe auch einen Vetter, der heißt Tobias. Vor kurzem hat er ein ganz neues Allergiebett bekommen. Was ist denn das überhaupt, ein Allergiebett?
LUFTI:	Wenn Dein Arzt, der Kommissar Spürnase, festgestellt hat, daß Du auf die Hausstaubmilben auf der Haut mit einer juckenden Quaddel reagiert hast, macht ein Allergiebett schon Sinn. Im Allergiebett sind die Kopfkissen und Oberbetten aus Synthetik, die Matratze aus Schaumstoff. Oder man nimmt eine spezielle Hülle für die Matratze.
Ben:	*(Strahlt)* Jetzt weiß ich, warum das sinnvoll ist. Die Milben können in dem synthetischen Zeug nicht so schnell wachsen und Milbenkinder bekommen.
Beate:	Und Mutti kann das Bettzeug prima waschen, so daß die Milben dann kaputt gehen.
LUFTI:	*(Klatscht begeistert)* Toll, Ihr werdet die besten Asthma-Experten, die ich kenne.
Ben:	Was soll ich denn mit meinen Kuscheltieren machen?
Beate:	Auch in die Waschmaschine donnern! Aber ..., der Teppichboden?
Ben:	Am besten wir kaufen uns einen neuen!

LUFTI: Oder noch besser, ihr nehmt Linoleum oder Kork oder Holzbo-
                den. Da können die Milben wenig mit anfangen, und sie können
                auch mit einem feuchten Tuch weggewischt werden. Also bauen
                wir Euer Kinderzimmer um. Was soll raus?

Beate: Zuerst die ollen Matratzen unter meinem Klettergerüst. Da
                müssen welche aus Schaumstoff hin.

Ben: Ich glaube, meine Kakteen auf dem Fensterbrett müssen auch
                dran glauben.

Beate: Du spinnst, da sind doch keine Milben drin.

Ben: Stimmt, aber Schimmelpilze. Die machen auch Allergien!

Beate: Na, und dann der Teppichboden, die alte Decke und die Vor-
                hänge.

Ben: Au toll, dann bekomme ich endlich ein Schnapp-Rollo.

Beate: *(Sieht traurig aus)* Und was soll ich dann mit meinem »Purzel«
                machen?

Ben: Mit Deinem Dackel? Mach ihm doch ein kuscheliges Eckchen
                bei Euch im Keller. Ich habe erst geweint vor Wut, als Mutti
                unsere Katze ins Gartenhaus brachte, aber die fühlt sich jetzt
                dort richtig wohl.

Beate: Aber ich verstehe gar nicht, warum die Tiere aus der Wohnung
                müssen.

Ben:	Mein Cousin Tobias hat kaum noch Asthma, seitdem die Katze nicht mehr in die Wohnung kommen darf.
LUFTI:	Genau, die Tierhaare können auch Allergien machen. Auch wenn Du, Beate, noch nicht allergisch auf Deinen »Purzel« reagierst, sollte er nicht mehr in der Wohnung sein.
Beate:	*(Fängt fast an zu weinen)* Aber warum denn, ich versteh das immer noch nicht?
LUFTI:	Dein Dackel verliert doch auch viele Haare und davon können die Milben gut leben. Deshalb gibt es bei Euch zu Hause bestimmt massig viel Milben. Da kann sich Deine Mutti noch so sehr mit dem Saubermachen anstrengen.

Merkbox

Vorbeugen und Vermeiden

- Du sollst darauf achten, daß niemand in der Wohnung und im Auto raucht. Besonders nicht dann, wenn Du dabei bist.
- Bei Pollenasthma und Heuschnupfen kannst Du nachts die Fenster schließen und abends die Haare waschen.
- Bei einer Milbenallergie soll Dein Bettzeug aus Synthetik und die Matratze aus Schaumstoff sein. Oder Du nimmst eine spezielle Synthetikhülle, so daß keine Milben durchkommen. Deine Kuscheltiere sollen regelmäßig gewaschen werden. Am besten ist auch ein Fußboden in Deinem Kinderzimmer, der feucht gewischt werden kann. Ausführlicher kannst Du dies alles im Elternteil unter dem Stichwort »Hausstaubsanierung« (s. S. 123) nachlesen.
- Auch wenn es Dir schwerfällt, sollten die Haustiere aus dem Wohnbereich entfernen.

Wie kannst Du Dein Asthma behandeln

Wie behandelst Du Dein Asthma mit Medikamenten?

Beate: Lufti, Du wolltest noch von den Medikamenten erzählen.

Ben: *(Gähnt)* Nö, das ist doch nur ätzend!

LUFTI: *(Schmunzelt)* Na wart mal ab, Dich bringe ich schon auf Trab! Also ..., es gibt mehrere Medikamente gegen das Asthma. Viele ähneln sich untereinander sehr und haben ganz merkwürdige Phantasienamen. Die braucht ihr Euch gar nicht zu merken. Ich habe da eine tolle Idee.

(Lufti steht auf und holt sich einen Regenschirm aus der Ecke.)

Beate: Was willst Du denn mit dem Ding?

LUFTI: Das erste Medikament gegen Euer Asthma ist das **Regen-schirmmedikament**.
Ihr könnt es als Ampulle oder als Spray inhalieren, es heißt DNCG oder INTAL.

Ben: Versteh' ich nicht, was hat ein Regenschirm mit meinem Asthma zu tun?

LUFTI: Das Regenschirmmedikament breitet einen Schutz über die Schleimhaut aus. Dadurch wird verhindert, daß die Schleimhaut sich aufregt. Und wo keine Aufregung ist, können auch »**Die Drei Dicken**« nicht zuschlagen!

Beate: *(Spannt den Schirm auf und setzt sich darunter)* Los Ben, Du Feigling, versuch' mich mal anzugreifen. Ich bin jetzt die Lunge und Du spielst jetzt die Hausstaubmilbe.

Ben: *(Springt auf und trommelt auf den Regenschirm herum)* Jawohl, ich bin das Milbenmonster und mache Dir jetzt Asthma. ... Verflixt, ich kann dich gar nicht treffen. Du bist clever, Du hast Dich geschützt!

LUFTI: Und wenn Ihr nicht inhaliert habt, fehlt der Regenschirm-schutz. Beate, klapp' doch mal den Schirm zusammen.

Ben: Prima, dann greife ich als Milbenmonster die Lunge an und ärgere »**Die Drei Dicken**«.

LUFTI: Ben, Du findest doch die Medikamente echt ätzend oder?Und jetzt bist Du schon mittendrin im Medikamentenspiel. Fliegen bei Dir im Regal nicht noch ein Paar **Boxhandschuhe** herum?

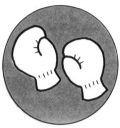

Ben: *(Verblüfft)* Wozu brauchst Du denn die?

LUFTI: Ja, das will ich Euch jetzt zeigen. Jeder von Euch zieht sich einen Boxhandschuh an und dann krabbelt ihr durch unsere Bronchus-Röhre.

Beate: Meinst Du den Kriechtunnel?

Ben: Na klar, den von vorhin!

Beate:	Mensch, das ist dufte. Wir boxen uns richtig den Weg frei, und können so prima durch die Bronchus-Röhre kriechen.
LUFTI:	Genau, die **Boxhandschuhmedikamente** kämpfen gegen **»Die Drei Dicken«**. **Sie heißen Betamimetika** und sind eine zweite Gruppe von Asthmamedikamenten.
Ben:	Na klar, ich hab's kapiert: Die Boxhandschuhmedikamente öffnen die dicken Muskeln und lösen den dicken Schleim, stimmt's?
Beate:	Und helfen die Boxhandschuhmedikamente schnell, wenn ich Luftnot habe?
LUFTI:	*(Nickt heftig)* In Sekundenschnelle! Sie sind bei Luftnot die schnellsten Medikamente, die die Ärzte auf Lager haben.
Ben:	Mein Arzt sagt, ich kann dann auch ATROVENT inhalieren. Das wäre ein kleinerer Boxhandschuh!
LUFTI:	Aber nur zusammen mit einem großen Boxhandschuh! Vereint hilft besser! Deshalb gibt es auch Sprays, die Regenschirm- und Boxhandschuhmedikamente gemeinsam enthalten, zum Beispiel AARANE, ALLERGOSPASMIN.

Beate:	Kenn ich, dieses Spray! Seitdem ich das vor dem Sport inhaliere, kann ich mich viel besser anstrengen!
Ben:	Das habe ich auch schon gemerkt! Wenn ich es vor dem Skateboardfahren vergessen habe zu inhalieren, fahren mir meine Freunde immer davon.

Beate:	Lufti, was ist besser? Das Inhalieren mit dem Inhaliergerät oder mit dem Spray.
Ben:	Mit dem Spray geht das viel schneller als mit dem blöden Inhalieren.
LUFTI:	Schneller ja, aber nicht so wirksam! Regenschirm- und Boxhandschuhmedikament gehen viel tiefer in Eure Bronchus-Röhren, wenn Ihr das Gerät benutzt. Aber vor dem Sport oder wenn Ihr unterwegs seid, sollt Ihr natürlich das Spray benutzen.
Beate:	Na klar, ich will dieses schwere Inhaliergerät auch nicht immer mit mir rumschleppen, man kommt ja aus der Puste.
LUFTI:	*(Hat sich hingesetzt und blättert in einem Comic-Heft)* Mensch, fast hätte ich es vergessen. Es gibt noch ein Supermedikament gegen Asthma. Hier guckt doch mal in meinen Comic.

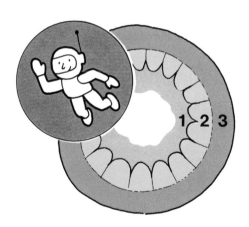

Ben:	Ich seh nur einen **Astronauten.**
LUFTI:	Ja genau, das **Astronautenmedikament,** das meine ich!
Beate:	Du spinnst ja, Astronauten haben kein Asthma.
LUFTI:	*(Grinst)* Das stimmt schon. Der Astronautenanzug schützt den Astronauten aber vor Angreifern. Das Astronautenmedikament heißt Cortison-Spray und wird mit einer Inhalationshilfe inhaliert (Nebulator, Volumatic).

LUFTI: Diese Inhalationshilfe sieht aus wie ein kleiner Zeppelin (s. S. 73)! Wenn Ihr damit inhaliert, kann das Cortison-Spray auch gegen »**Die Drei Dicken**« arbeiten. Die entzündete und verdickte Schleimhaut schwillt durch das Cortison-Spray ab. Wie der Astronautenanzug den Menschen im Weltall, so schützt das Cortison-Spray die Bronchien vor Kälte, Viren, Bakterien und Rauch.

Ben: Echt prima, und ich kann endlich wieder länger Fußball spielen und Skateboard fahren. Ist doch nicht so langweilig mit diesen Medikamenten.

LUFTI: Das Astronautenmedikament hat sogar schon einigen Sportlern, die Asthma haben, geholfen, so daß sie Olympiasieger werden konnten.

Beate: *(Zu Lufti)* Bist Du nun am Ende? Mir reicht's allmählich.

LUFTI: Nee, noch nicht ganz. Sag mal, haben meine trüben Augen nicht eben bei Euch im Spielzimmer einen **Expander** entdeckt? Kannst Du den nicht mal holen?

Beate: *(Kopfschüttelnd)* Auf welche Ideen der kleine Spinner immer kommt!

LUFTI: Also, es gibt auch noch die **Expandermedikamente** gegen das Asthma.

Ben: Zeig' mal, wie das gehen soll.

Beate: Ich versteh' auch nur noch Bahnhof.

LUFTI: Wenn Ihr den Expander kräftig auseinanderzieht, bekommt Ihr mehr Abstand zwischen Euch.
Schaut mal: – so.

LUFTI: So könnt Ihr Euch vorstellen, wie die Theophylline gegen das Asthma helfen. Dies sind die **Expandermedikamente**. Sie ziehen die Bronchien auseinander und öffnen sie wieder. So arbeiten sie auch gegen »**Die Drei Dicken**«. Die Expandermedikamente kann man als Tropfen oder Tabletten schlucken. Ihr müßt genau darauf achten, wieviel und wann Ihr sie nehmen sollt, meist morgens und abends beim Essen.

Beate: Mensch Lufti, ich kenn' dies Expandermedikament als Kapsel. Mein Opa nimmt sie regelmäßig. Manchmal hat er aber Magenschmerzen, und ihm ist übel. Einmal hatte er sogar Kopfschmerzen!

LUFTI:	Das kann schon mal passieren, besonders wenn der Magen leer ist. Deshalb müßt Ihr auch dem Arzt Bescheid sagen, wenn Ihr Magenschmerzen beim Expandermedikament habt. Manchmal reicht es, ein anderes Expandermedikament zu schlucken und schon ist Euch nicht mehr übel!
Ben:	Puh, jetzt bin ich aber fix und foxi. Ich kann schon gar nicht mehr zuhören.
LUFTI:	Rat' mal Ben, worin sitzen denn die Astronauten?
Ben:	Im **Raumschiff** natürlich, Du kannst fragen!
LUFTI:	Ich wollte ja nur testen, ob Du noch mitdenken kannst ... Also, es gibt als letztes noch ein **Raumschiffmedikament** gegen das Asthma.

Bei den meisten Kindern mit Asthma müssen die Ärzte es nur selten geben, entweder als Tablette, Zäpfchen oder Spritze. Das **Raumschiffmedikament** heißt Cortison. Es hilft, wenn man einen richtigen Anfall bekommt. Dann ist es zusammen mit dem **Boxhandschuhmedikament** das wichtigste Medikament. Durch die beiden werden »Die Drei Dicken« ganz toll zusammengestaucht.

Beate:	Mensch, ich hab's kapiert. Das Raumschiffmedikament soll ich nur im Notfall nehmen!
LUFTI:	Im Prinzip schon.
Ben:	Aber ich habe von Kindern gehört, die es regelmäßig einnehmen müssen!
Beate:	Haben die dann dauernd einen Asthmaanfall, Lufti?

LUFTI: Nein. Diese wenigen Kinder brauchen das Raumschiffmedika-
        ment in kleiner Menge jeden Tag, weil die anderen Medikamen-
        te zusammen nicht ausreichen, um gut schlafen oder radfahren
        zu können. Die Kinder müssen die Tabletten dann morgens
        zwischen 6.00 und 8.00 Uhr einnehmen, zu dieser Zeit wirken
        sie besonders gut.

Merkbox

Falls Ihr noch mehr über Ampullen, Tropfen und Sprays wissen
wollt, schaut Euch bitte die ausführliche Liste der Medikamente an, wie sie für Eure Eltern im Elternteil beschrieben stehen
(ab Seite 124).

Warum Beate und Ben dreimal am Tag inhalieren müssen

Ben: *(Fragt Beate)* Weißt Du, warum wir das Regenschirmmedikament so oft am Tag inhalieren müssen? Ich finde das völligen Käse.

Beate: Ich glaube, der Regenschirm ist nur ein paar Stunden lang aufgespannt. Dann läßt die Kraft nach und wir müssen neue tanken, stimmt's Lufti?

LUFTI: Du bist ja schon völlig fit, Beate. Stimmt, die Wirkung vom Regenschirmmedikament dauert etwa 6 Stunden. Dann müßt Ihr es mit dem Inhalieren wieder aufspannen. Aber denkt daran: Wenn schon ein Pfeifen oder Luftnot da ist, dann hilft der Regenschirm allein nicht mehr.

Beate: Und auch dann nicht, wenn der Regenschirm Löcher hat, wir also nicht dreimal am Tag inhaliert haben.

Ben:	*(Zweifelt)* Gilt das auch für die Medikamente mit den Boxhandschuhen?

LUFTI:	Nein, die Boxhandschuhmedikamente helfen Euch bei Luftnot und klopfen den Schleim heraus. Aber auch die Boxhandschuhmedikamente wirken nur etwa 6 Stunden. Ihr sollt dieses Medikament nicht immer inhalieren, sondern nur, wenn Euer Lungendetektiv sagt, daß Ihr es braucht.
Ben:	Da muß ich aber verflixt gut aufpassen! Mensch Lufti, da fällt mir was ein: Soll ich die Boxhandschuhe immer nur dann nehmen, wenn ich »**Die Drei Dicken**« zusammenstauchen muß?
LUFTI:	Nein, Du kannst sie auch vor dem Sport inhalieren.
Beate:	Mensch, Du und ich wir haben den Lungendetektiv doch gelernt und können das.
LUFTI:	Logo, das traue ich Euch zu! Und wenn es mit den beiden Medikamenten nicht klappt ...

Beate:
Wie nicht klappt? Meinst Du, wenn wir trotzdem husten beim Laufen oder nachts Luftnot haben?

Ben:
Wenn also mein Asthma nicht verschwindet?

LUFTI:
Genau, das meine ich. Na, dann packt ihr Euch in den Astronautenanzug.

Ben:	Du meinst, wir sollen das Cortison-Spray inhalieren? Womöglich dreimal am Tag?
LUFTI:	Zweimal reicht! Morgens und abends nach dem Regenschirmmedikament inhaliert Ihr am besten mit der Inhalationshilfe! Ihr sprayt dort auf der einen Seite ein oder zwei Spraystöße hinein, und auf der anderen Seite könnt Ihr dann den Nebel fünfmal tief einatmen.
Beate:	Hilft das Astronautenmedikament auch bei plötzlicher Luftnot?
LUFTI:	Nein!! Es hilft nur, wenn Ihr es regelmäßig für einige Monate hintereinander inhaliert, Tag für Tag. Es hilft **nie** im Asthmaanfall. Und nach dem Inhalieren Mund ausspülen nicht vergessen!
Ben:	Und was sollen wir machen, wenn wir das Regenschirm- und Astronautenmedikament inhaliert haben und ab und zu noch die Boxhandschuhe nehmen, und trotzdem das Asthma nicht verschwindet?
LUFTI:	Denk doch an den Expander, Ben! Und überhaupt stellt Eure Ärztin für jeden einen Extraplan zusammen, wie so 'ne Art Baukasten mit Würfeln. Auf jeden Würfel kleben wir jetzt entweder einen Regenschirm, ein Boxhandschuh oder Astronautenanzug.

Beate:
Jedes Kind mit Asthma hat auf jeden
Fall den Würfel mit dem Regenschirm
drauf, stimmt's Lufti?

Ben:
Wenn »Die Drei Dicken« mich ärgern,
kommen die ›Boxhandschuhmedika-
mente‹ dazu. Aber ich soll sie nicht regelmäßig inhalieren! Deswegen kommt
der Boxhandschuhwürfel nicht auf die
Säulen drauf.

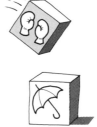

LUFTI:
Wenn das ›Regenschirmmedikament‹
nicht verhindert, daß Du weiter hustest
oder pfeifst, dann kommt der ›Astronautenanzug‹ dazu.

Beate:
Und mein Opa braucht auch noch den
›Expanderwürfel‹. Für ihn reichen die
drei Würfel nicht, er hat nachts trotzdem noch Luftnot ohne Expanderta-
bletten.

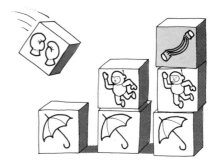

Ben: Kürzlich hat mein Arzt den ›Astronautenanzug‹ verdoppelt, weil ich mehrere Wochen lang leichtes Pfeifen hatte.

LUFTI: Ihr seid wirklich einsame Klasse, Ihr beiden. So toll habt Ihr bisher gelernt. Und was machen wir jetzt mit dem ›Raumschiff-medikament‹?

Beate: Das nimmt mein Opa deswegen, weil es ihm besonders oft schlecht geht, obwohl er die anderen Medikamente alle genommen hat.

Ben: *(Zweifelt)* Lufti, meinst Du, das gilt auch für uns? Wo wir doch noch Kinder sind. Meine Mama sagt, das Raumschiffmedikament ist viel zu stark für uns.

LUFTI: Keine Angst, Ben, Du wirst groß und stark werden, das verspreche ich Dir. Daran wird auch das Raumschiffmedikament nichts ändern. Im Gegenteil: es hilft Dir, in besonders schwierigen Zeiten mit Luftnot gut über die Runden zu kommen. Schließlich brauchst Du die Luft zum Leben!

Ben: Du meinst, wie die Astronauten im Raumschiff, wenn sie um die Erde fliegen und ohne das Ding nicht atmen können?

LUFTI: *(Nickt heftig)* Klaro, so mein' ich das.

Beate: Wir bauen uns also aus Würfeln ein Gebäude, zum Beispiel eine Treppe. Ich habe soviel unterschiedliche Würfel gebraucht, bis ich ohne Asthma schlafen kann oder rennen oder lachen!

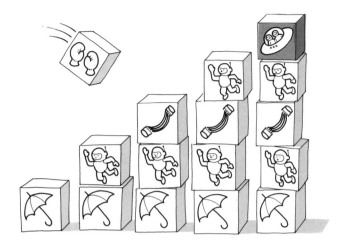

LUFTI: Andere Kinder brauchen zwei oder drei Würfel, damit es ihnen gut geht.

Ben: *(Enttäuscht)* Gilt das denn eigentlich für mein ganzes Leben, Lufti? So schön ist das mit den Medikamenten nun auch wieder nicht!

LUFTI: Nein, das muß nicht sein. Ich kenne viele Kinder, die früher 3 oder 4 Würfel bis hin zum zweiten Astronauten gebraucht haben und jetzt nur noch das Regenschirmmedikament nehmen. Manche müssen sogar nur noch vor dem Sport inhalieren ...

Beate: So wie die Olympiasieger?

LUFTI: Genau, manche von ihnen mußten früher viel mehr für ihr Asthma tun, und außerdem: Ihr seit jetzt Kinder und auch jetzt soll Euch das Asthma nicht immer ärgern! Deshalb braucht Ihr Regenschirm, Boxhandschuhe und manchmal auch Astronautenanzug oder Expander gegen »**Die Drei Dicken**«.

Merkbox

Wer sich von Euch mehr mit der Dauertherapie beschäftigen möchte, der schaut bitte in den Elternteil unter »Dauertherapie« nach, Seite 130.

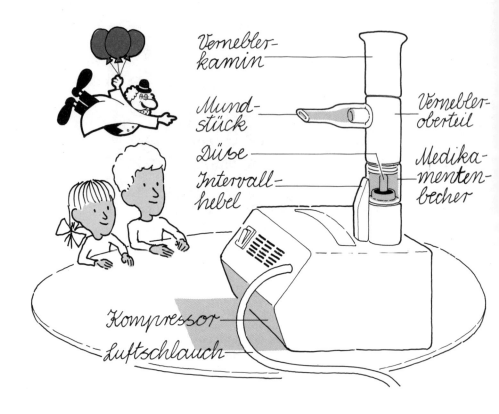

Vernebler-kamin

Mund-stück

Düse

Intervall-hebel

Vernebler-oberteil

Medika-menten-becher

Kompressor

Luftschlauch

Welche Geräte helfen Dir beim Inhalieren?

Das Inhaliergerät

Beate: Ben, weißt Du, wie der Inhalierer genau funktioniert?

Ben: Na, klar. Also die flüssigen Medikamente kommen in den durchsichtigen Becher, dann drückst Du auf den Schalter und schon kommt der Nebel raus.

Beate: Mensch, das weiß ich doch auch. Aber wie entsteht der Nebel?

Ben: Und überhaupt, warum muß das so kompliziert sein?

LUFTI: Das elektrische Gerät drückt die Luft zusammen. Diese gelangt durch den Schlauch und die Düse in den Becher. Dort entsteht der Nebel aus feinsten Medikamententeilchen.

Ben: Und die sind so fein, daß sie in unsere Bronchien gelangen?

LUFTI: Genau, und zwar bis in
die feinsten kleinsten
**Bronchien-Röh-
ren** hinein.

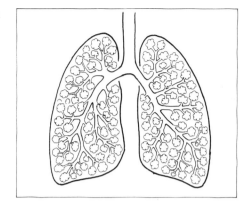

Beate: Los komm, wir bauen jetzt einmal alles auseinander.

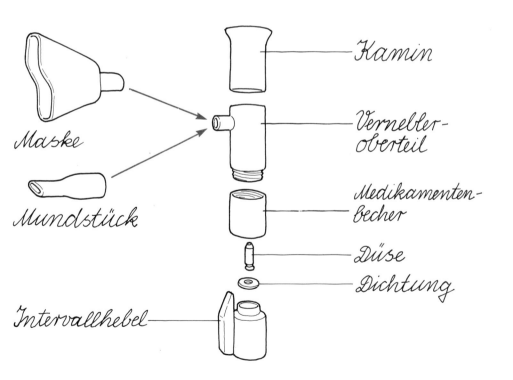

Ben: Das geht total puppig. Aber ich bin ja schon geübt. Meistens mache ich das nach dem Inhalieren und wasche die Einzelteile unter dem Wasserkran aus.

Beate: Muß das denn sein? Und etwa auch noch abtrocknen? Jedesmal nach dem Inhalieren? So'n Mist!

LUFTI: Das ist schon nötig, sonst vermehren sich die Bakterien. So wascht Ihr die Teile in möglichst heißem Wasser aus und trocknet sie ab. Mehr müßt Ihr aber auch nicht tun!

Ben: Und wie lange sollen wir inhalieren?

LUFTI: Höchstens 10 Minuten. Wenn dann noch ein Rest mit Medikamenten im Becher ist, könnt Ihr ihn wegschütten!

Beate: Ich inhaliere am liebsten so: Halte den Finger auf den Hebel und dampfe durch! Meine Mutter schimpft immer und findet das nicht richtig.

Ben: Und ich nehme am liebsten die Maske und nicht so gern das Mundstück.

LUFTI: Für Schulkinder – und Ihr seid ja welche – ist es am besten, mit dem Mundstück zu inhalieren und tief ein- und auszuatmen. Dann könnt Ihr auch ruhig den Finger auf dem Hebel lassen.

Beate: Toll, und ich kann dabei noch ein Buch lesen oder auch mal Fernsehen!

Ben: Au ja, dann geht das blöde Inhalieren viel schneller vorbei.

LUFTI: Aber Ihr müßt schon im Sitzen inhalieren. Nur so gelangt der feine Medikamentennebel in die kleinen Bronchien.

Der Nebulator

LUFTI: Ihr kennt doch sicher diesen Zeppelin?

Ben
und *Beate:* *(Im Chor)* Na logo, den brauchen wir für das Astronautenmedikament, dieses Cortison zum Inhalieren.

LUFTI: Und wie macht Ihr das dann?

Ben:	Ich schüttel das Spray, stecke es dann in die Öffnung, so daß es nach oben zeigt. Jetzt sprühe ich einmal in diesen Nebulator hinein und dann ...
Beate:	*(Unterbricht ihn)* atmest Du auf der anderen Seite drei- bis fünfmal tief ein und aus, dadurch wird der Nebulator ausgesaugt. Dabei hörst Du ein Klicken!
Ben:	*(Etwas sauer)* Du sollst mich nicht dauernd unterbrechen. Ich muß nämlich zweimal sprühen und deshalb muß ich das noch einmal von vorne machen!
LUFTI:	Klasse, Ihr Asthmaspezialisten und was macht Ihr dann?
Beate:	Anschließend spüle ich meinen Mund aus.
LUFTI:	Genau, dadurch wird der Rest des Medikamentes, der nicht in die Bronchien gelangt ist, ausgespült. Und den Nebulator legt Ihr dann hinterher in die Ecke?
Ben:	Nö, an sich sollen wir dann den Nebulator mit warmem Wasser ausspülen und abtrocknen! Mach' ich manchmal, aber ab und zu auch meine Eltern.
LUFTI:	Ich hab' noch einen Spezialtip. Wenn sich einmal ein Medikamentenbelag am Ventil gebildet hat, kann man den dadurch entfernen, daß Ihr durch das Ventil einfach heißes Wasser gießt, wenn dabei das Mundstück nach unten zeigt.

Das Dosier-Spray

Beate: Na gut, mit dem Nebulator läßt sich so'n Spray gut inhalieren, aber ohne finde ich es schwierig.

Ben: Finde ich überhaupt nicht!

LUFTI: Also Ben, Du kannst schon mit dem Spray inhalieren. Dann zeig uns das doch mal.

Ben benutzt das Dosieraerosol und erzählt:

Zuerst entferne ich die Schutzkappe.

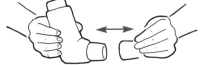

Dann schüttel ich das Spray kräftig.

Danach setze ich mich aufrecht hin oder stehe und atme tief aus,
dann umschließe ich das Mundstück mit den Lippen oder beiße darauf, wobei der Behälter nach oben zeigt.

Jetzt atme ich **tief** ein und drücke **gleichzeitig** den Behälter in das Mundstück hinein.

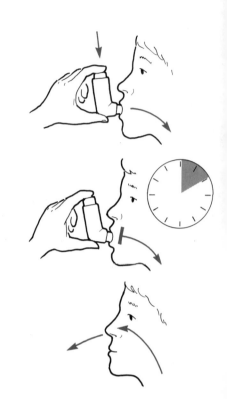

Wenn das Aerosol herauskommt, darf dabei kein Dampf vor dem Mund zu sehen sein.
Danach halte ich den Atem solange an, bis ich im Geist bis 10 gezählt habe.

Anschließend nehme ich das Mundstück aus dem Mund und atme **durch die Nase** wieder aus.
Beim zweiten Sprayhub mache ich es genauso.

Beate: Mensch, toll, jetzt hab' ich es verstanden. Ich kann jetzt bestimmt auch mit dem Spray inhalieren. Dann brauch' ich auch gar kein Inhaliergerät mehr!

LUFTI: Das stimmt leider nicht, Beate. Mit dem Spray gelangen die Medikamente nicht so tief in die Lunge, wie durch das Inhaliergerät. Auch die Menge der Wirkstoffe ist viel kleiner. Aber Du kannst ja auch manchmal wie andere Kinder abwechselnd mit dem Spray oder Inhaliergerät inhalieren. Wichtig ist, daß Du das ›Boxhandschuhmedikament‹ nicht öfter als alle vier Stunden benützt. Nur beim Asthmaanfall darfst Du es ausnahmsweise bereits nach 10 Minuten wiederholen.

Ben: Vor dem Schulsport und auf unserer Klassenfahrt kann ich das Dosieraerosol prima nehmen. Sonst inhaliere ich lieber mit dem Gerät, das ist viel besser.

Was hilft außerdem gegen Dein Asthma?

Ben: *(Stöhnt)* Oh Mann, bei mir fängt es schon wieder an, zu brummen.

Beate: Das kommt bestimmt vom Toben eben.

Ben: Ich habe keine Lust, schon wieder zu inhalieren. **Was kann ich denn jetzt bei Luftnot noch tun, außer Medikamente zu nehmen?**

LUFTI: Ach, da gibt es noch gute andere Tricks. Mach' doch mal die **Lippenbremse.**

Beate: Was soll das denn sein? Muß ich da leise sein, weil ich mich beim Sprechen bremsen soll?

LUFTI: Nee, einatmen und durch die locker aufeinanderliegenden Lippen ausatmen, so daß sich die Wangen etwas aufblähen, aber kein großer Druck entsteht.

Ben: Und was bewirkt diese Lippenbremse?

LUFTI: Wenn in der Lunge zuviel Luft ist, so hilft die Lippenbremse, daß diese wieder besser heraus kann. Am besten, Du setzt Dich dazu in den **Kutschersitz.** Probiert es doch einmal aus.
(Ben, Beate und Lufti atmen 3 Minuten lang ruhig mit der Lippenbremse ein und aus, ein und aus ...)

LUFTI: Ihr könnt die Lippenbremse auch prima in der **Hängebauchlage** machen.

Beate:	Oh, die Hängebauchlage kenn' ich, die habe ich neulich auch beim Sport gemacht. Die ätzende Luftnot ging dann gut weg. Man muß sich hinknien, den Po auf die Fersen setzen, die Knie weit auseinanderstrecken und Kopf seitlich auf die gebeugten Arme legen.
LUFTI:	Heh, super, Beate. Lippenbremse und Hängebauchlage kann man auch gut zusammen machen. Hängebauchlage und Kutschersitz helfen, damit Ihr besser durchatmen könnt. Sie erleichtern das Atmen bei Luftnot.
Ben:	Die Namen für dieses Turnzeugs sind ja recht merkwürdig, Lippenbremse, Hängebauchlage, Kutschersitz, aber helfen tut's. Mir geht es schon besser.
Beate:	Wenn wir bei meiner Theatergruppe toben, bekomme ich manchmal Luftnot. Dann kann das mit ein wenig Ausruhen, Lippenbremse, Kutschersitz und Hängebauchlage super weggehen. Echt gutes Rezept.
LUFTI:	Es gibt auch **Atemübungen**, die Ihr jeden Tag machen könnt, auch wenn Ihr keine Beschwerden habt.
Ben:	Aber wenn ich nichts merke, warum soll ich mich dann abschuften?
LUFTI:	Das ist wie beim Regenschirmmedikament. Das inhalierst Du ja auch vorbeugend, wenn Du noch nichts merkst. Die Atemübungen helfen Euch auch, daß Ihr nicht so viele Beschwerden habt.
Beate:	Und was kann man da vorbeugend machen, wie läuft das?
LUFTI:	Du kannst Dir 5 Atemübungen selber aussuchen. Jede Übung dauert 1 Minute. Du fängst Deine Übungen immer mit der Hängebauchlage an. Die machst Du 2 Minuten lang.

Atemübungen

Wenn Du während der Übungen kurzatmig wirst, solltest Du zwischendurch die Hängebauchlage einnehmen und die Lippenbremse durchführen.

Knie-Unterarmlage
Oberschenkel sind senkrecht unter dem Po, Kopf seitlich auf die gebeugten Arme legen.

Rückendrehdehnlage
Seitlage (re./li.), unteres Bein gestreckt, oberes Bein gebeugt. Oberkörper auf den Rücken drehen, Arme nach hinten strecken. Kopf entgegengesetzt dem gebeugten Bein.

Bauchdrehdehnlage
Seitlage (re./li.), unteres Bein gebeugt, oberes Bein gestreckt. Oberkörper auf den Bauch drehen, Arme nach oben strecken. Kopf entgegengesetzt dem gebeugten Bein.

Rutsche
Oberschenkel senkrecht unter den Po,
Arme lang nach vorne strecken, Kopf
seitlich auflegen.

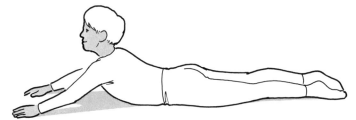

Bauchlage
Hände weit nach vorne, auf die ge-
streckten Arme stützen, Kopf in den
Nacken.

Warndreieck
Kniestand, die Hände greifen nach hinten an die Fersen, dabei muß der Po
vorne bleiben, Kopf in den Nacken.

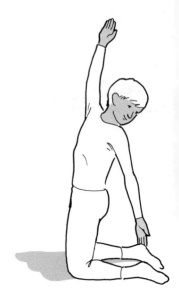

Bewegliches Warndreieck
Kniestand, rechte Hand greift nach
hinten zur linken Ferse, die Augen folgen der Hand, die zur Ferse greift; lin-
ker Arm zur Decke strecken, dann
wechseln.

Ben:	Ich glaube, ich spinne! Das alles soll ich machen? Nee, da hab' ich keinen Bock drauf!
LUFTI:	Heh, heh, nicht so voreilig! Du suchst Dir 5 Übungen aus. Wenn Dir die Übungen zu langweilig geworden sind, kannst Du Dir wieder andere aussuchen. Die Atemübungen machst Du drei- bis viermal in der Woche. Du kannst sie auch jeden Tag machen. Nach den Übungen machst Du wieder die Hängebauchlage. Das ist alles.
Beate:	Na., das geht ja noch.
Ben:	Wie lange dauert das jedesmal?
LUFTI:	Na, höchstens 10–15 Minuten.
Ben:	Ich finde das etwas langweilig.
Beate:	Du kannst dabei doch Musik hören, dann geht es noch besser.
Ben:	Nicht schlecht der Tip. Und das ganze soll es bringen?

LUFTI: Klaro. Besser geht es nicht. Der eine Kollege von den »**Drei Dicken**«, der Schleim wird prima gelöst und aus der Lunge herausbefördert. Der Brustkorb wird schön beweglich.

Ben: Paletti. Immer nur rumsitzen ist ja auch öde.

Beate: Gleichzeitig tun wir etwas Gutes gegen den Schleim und für unsere Atmung.

LUFTI: Zusätzlich sind die Atemübungen ein gutes Training und eine gute Vorbereitung für den Sport.

Entspannungsübungen

Beate: Entspannung? Was soll das denn? Wozu?

Ben: Da muß man sich doch tagsüber hinlegen und die Augen zumachen, wie langweilig.

LUFTI: Quatsch. Entspannungsübungen können voll Laune machen und total schön sein. Legt Euch mal ganz ruhig auf den Rücken. *(Wartet)*
Legt die Arme neben Euren Körper und werdet ganz ruhig. Versucht, die Augen zu schließen und spürt, wie gleichmäßig Euer Atem wird: wie die Wellen am Meer.

(Wartet)
Zieht Eure Zehenspitzen ganz feste hoch, drückt die Oberschenkel und den Po ganz doll auf den Boden, spannt den Bauch an,
ballt ganz fest die Fäuste, zieht die Unterarme an, fest das Kinn
auf die Brust und zieht eine Schnute. Das ganze Gesicht verziehen. Alles auf einmal und noch doller ... noch doller. Merkt ihr
die Anspannung? Feste, nicht loslassen!
Und jetzt laßt Ihr los. Ruft dabei aah.

Ben: Aah, poh, war das anstrengend.

Beate: Puhh, das tut gut.

LUFTI: Entspannt Euch. Merkt den Unterschied und bleibt ganz ruhig
liegen. Spürt den Unterschied zwischen anspannen und entspannen.
(Nach einer Weile:) Wie ist es denn bei Euch, wenn Ihr Luftnot
habt? Ich habe dann ganz schön Angst.

Beate: Ich auch. Ich werde dann immer so aufgeregt und weiß dann gar
nicht mehr, was ich überhaupt machen soll.

Ben: *(Brummt)* Klar, diese Hektik kenn' ich auch. Ist schon ein blödes
Gefühl, wenn »**Die Drei Dicken**« so stark zuschlagen.

LUFTI: Kindern, die wie Ihr und Eure Eltern so gut übers Asthma
Bescheid wissen, kann auch beim Asthmaanfall nichts Schlim-
mes passieren. Laßt uns den Notfallplan angucken (S. 132). Da

steht ganz genau drin, was wir bei starker Luftnot tun müssen. Entspannung hilft Euch, daß Ihr nicht so hektisch werdet, wenn Ihr Luftnot habt. Außerdem helfen Entspannungsübungen bei Aufregung, vor Klassenarbeiten, ebenso wenn Ihr nicht einschlafen könnt und in vielen anderen Situationen, wo Ihr Streß habt.

Ben: Hinlegen, Augen zu und laber, laber …

Beate: Blödsinn, so muß das nicht sein, das hast Du ja wohl eben gemerkt. Da gibt es ganz verschiedene Übungen.

LUFTI: Jeder muß seine Methode herausfinden, was ihm gut tut, wie er sich am besten entspannen kann. Wie wirst Du denn am besten ruhig, Ben?

Ben: Ich lege mich auf's Bett oder auf's Sofa und höre Musik mit meinem Walkman. Nicht so was Fetziges, eher was Ruhiges. Das lenkt mich dann ab. Oder ich denke an das letzte Fußballspiel, wie ich ein Tor geschossen habe.

Beate: Meine Mutter streicht mir dann auch noch über den Rücken, das ist so schöön. Wir machen es uns richtig gemütlich.

Ben: Meine Mutti hat da so eine Kassette mit ruhiger Musik und einer Stimme drauf.

Beate: Haben wir auch. Auf unserer Kassette sind ganz tolle Geschichten drauf, wo man selber mit einem Boot durch's Wasser fährt oder selber auf einem Teppich fliegt.

LUFTI: Richtig, bei schönen Phantasie- und Traumgeschichten kann man sich auch gut entspannen.

Beate: Entspannung muß dann ja nicht immer doof und langweilig sein.

LUFTI: Wenn man es doof findet, oder nur macht, weil man es machen muß, dann klappt es sowieso nicht.

Beate: Ich habe schon einmal doll Angst gehabt, da hat das mit der Entspannung nicht geklappt. Wie bekomme ich die Angst dann weg?

Ben: Ich sage einfach: »Hau ab, du blöde Angst, verdünnisier dich gefälligst. Du kriegst mich nicht.«

Beate: *(Kichert)* Da fällt mir ein: Ich habe schon mal mein Fenster aufgemacht und mit einem Kissen die Angst verscheucht.

Ben: Mein großer Bruder schläft immer mit einer Gabel unter dem Kopfkissen, das hilft ihm.

LUFTI: Als ich nachts einmal Angst bekam, habe ich auf einen Pappkarton, der in meinem Zimmer stand, ganz groß ›Angstkloß‹ draufgeschrieben und den Karton einfach vor die Türe geschmissen.

Ben und Beate schütteln sich vor Lachen.

Merkbox

Neben der Einnahme von Medikamenten gibt es noch verschiedene andere Dinge, die Du gegen Dein Asthma tun kannst.
Mit Entspannungsübungen kannst Du Deine Angst bei Luftnot besiegen. Schöne Traumreisen und Geschichten helfen, daß Du weniger Angst hast. Wenn Du zum Beispiel in der Schule weniger aufgeregt bist, kannst Du besser beim Unterricht mitmachen. Überlege mal, ob Du noch andere Tricks kennst, wie Du Deine Angst besiegen kannst.

Die Lippenbremse, Hängebauchlage und der Kutschersitz helfen Dir bei Luftnot, daß Du wieder besser durchatmen kannst.
Entspannungsübungen kannst Du auch zusammen mit Atemübungen machen. Bei denen strengst Du Dich ja eher an, bei den Entspannungsübungen ruhst Du Dich dann aus.
Die Atemübungen machst Du drei- bis viermal pro Woche. Lege Dich zu Beginn und am Ende jeweils für 2 Minuten in die Hängebauchlage.
Dazwischen machst Du 5 Übungen, die Du Dir selber ausgesucht hast. Dabei macht es Spaß, Musik zu hören. Natürlich kannst Du die Atemübungen auch jeden Tag machen.

Wie kannst Du Sport treiben?

LUFTI: Ich habe in diesem Jahr am Asthmasport teilgenommen. Die Turnlehrerin war dort sehr nett.

Ben: Bevor ich in den Fußballverein gegangen bin, war ich auch beim Asthmasport. Damals ging es mir noch ziemlich schlecht. Ich konnte nur ganz wenig laufen. Der Asthmasport hat auch Laune gemacht. Inzwischen schaffe ich es locker, beim Fußball im Verein mitzumachen.

Beate: Immer wenn es so schön ist, ärgern mich »**Die Drei Dicken**«: Beim Toben auf Geburtstagen, beim Radfahren. Beim Schulsport konnte ich früher überhaupt nicht mitmachen. Seitdem ich regelmäßig inhaliere, geht das besser.

LUFTI: Sport ist total gut, wenn man Asthma hat. Viele Erwachsene sagen, daß man mit Asthma kein Sport machen darf. Aber das ist Quatsch! Wenn Ihr Eure Dauertherapie gut macht, könnt Ihr beim Sport immer mitmachen.

Ben:	Dauertherapie? ... Du meinst inhalieren, Atemübungen, Medikamente nehmen, Entspannungsübungen und so?
LUFTI:	Richtig, danach machen Euch Spielen und Toben voll Spaß.
Beate:	Ich habe neulich trotz Inhalierens Luftnot beim Sport bekommen.
LUFTI:	Und was hast Du da gemacht?
Beate:	Erst einmal habe ich eine Pause gemacht. Ich habe mich auf die Bank gesetzt und den Kutschersitz und die Lippenbremse gemacht. Hatte ich ja gelernt!
Ben:	Wenn das nicht hilft, nehme ich mein Dosier-Spray mit dem Regenschirm- und dem Boxhandschuhmedikament. 2 Hübe, mehr nicht.
LUFTI:	Toll, daß Ihr die Luftnot merkt und wahrnehmt. Viele Kinder merken das nicht und toben immer weiter und weiter. Die wissen auch nicht, was ein »Lungendetektiv« ist (s. S. 44).
Ben:	Habe ich früher auch gemacht, bis ich absolut nicht mehr konnte, und da war die Luftnot voll da. Ich wollte immer der Beste sein, und daß die anderen nichts von der Luftnot mitkriegen, aber das war dann wohl ein Eigentor.
Beate:	Ach so, Du meinst, viele Kinder spüren ihre Warnsignale. Und wissen, daß sie eine Pause machen müßten, schämen sich aber vor den anderen?
LUFTI:	Genau. Es ist ja auch blöd, gerade wenn es am schönsten ist, eine Pause zu machen. Andererseits finde ich auch, immer Gewinner zu sein ist doch langweilig. Dabei zu sein und Spaß zu haben ist viel wichtiger!
Beate:	Was machst Du denn beim Fußball, wenn Du Luftnot kriegst, Ben?
Ben:	Ich mache einfach eine Pause. Wenn ich was merke, stelle ich mich einfach in die Abwehr und mache die Lippenbremse. Wenn es etwas doller ist, sag' ich meinem Trainer, daß ich eine

Pause brauche. Der nimmt mich dann raus. Dann kann ich auch den Kutschersitz machen oder die Hängebauchlage.

Beate: Und die anderen aus der Mannschaft, lachen die Dich nicht aus?

Ben: Nö, das erste Mal haben die ein bißchen blöd geguckt. Dann habe ich gesagt, daß ich Asthma habe und erklärt, was das ist. Jetzt wissen sie Bescheid.

Beate: Ich habe immer ein Spray dabei, auch beim Schwimmen. Da ist das Regenschirm- und Boxhandschuhmedikament drin. Wenn es mir morgens schon nicht so gut geht, nehme ich 2 Hübe vor dem Sport, sonst erst, wenn ich Luftnot kriege. Ich hab's da auf die Bank gelegt.

Ben: Mach ich auch so. Immer wenn »**Die Drei Dicken**« schon etwas unruhig sind, zum Beispiel wenn ich erkältet bin, nehme ich vor dem Sport 2 Hübe. Dann kann ich super rennen. An manchen Tagen brauch' ich das Spray überhaupt nicht. Beim letzten Spiel habe ich es auch in der Halbzeit genommen.

LUFTI: Na, Ihr wißt ja prima Bescheid, wie Ihr Euch beim Sport verhalten müßt.
Vielleicht noch ein letzter Tip von mir: Lauft Euch vor dem Sport 10 Minuten lang warm, dann könnt Ihr besser durchhalten. Ein ›Kaltstart‹ geht voll in die Hose, da werden ›**Die Drei Dicken**‹ gleich wild.

Merkbox

Für Dich und Dein Asthma ist es wichtig, daß Du auch Sport treibst. Wenn Du Dich lange Zeit nicht angestrengt hast, solltest Du erst beim Asthmasport teilnehmen. Dort lernst Du, wie Du trotz Deines Asthma Sport machen kannst. Wenn Du Deine Dauertherapie gut machst, kannst Du auch Fußball spielen, radfahren, Trampolin springen, turnen oder wozu Du sonst Lust hast. Du solltest auch beim Schulsport mitmachen. Wenn Du einmal nicht mehr kannst, mache eine Pause. In der Pause kannst Du den Kutschersitz, die Lippenbremse und die Hängebauchlage machen. Zeige Deinem Lehrer die Information zu »Asthma und Sport« (s. S. 140). Zur Sicherheit solltest Du beim Sport immer ein Dosier-Spray dabei haben. Wenn es lange her ist, daß Du das letzte Mal inhaliert hast, nimm es vor dem Sport. Wenn Du gerade inhaliert hast, so brauchst Du es nicht zu nehmen.

Wie kannst Du Deinen Schleim loswerden?

Beate: *(Klingt stark verschnupft)* Mist, ich habe schon wieder Schnupfen und Husten, ich fühle mich richtig schlapp.

Ben: Na, dann wird es ja wohl nichts mit unserem Jahrmarktbesuch nachher, oder?

Beate: Alle Bronchien-Röhrchen sind mit diesem Schleim zugekleistert.

LUFTI: Na, da mußt Du halt so oft am Tag, wie Du es schaffst, zusätzlich mit **Kochsalz** inhalieren. Das löst den Schleim. Das ist für die Lunge wie eine Dusche.

Ben: Ich habe mal mit 'ner Wasserpistole die Zahnpasta von meiner Bürste heruntergesprüht.

LUFTI:	Klasse. Genauso wirkt das Kochsalz. Es macht den Schleim flüssiger. Das ist so, als wenn Ihr Milch auf einen Sahneberg gießt. Die Sahne wird dann flüssig. Genauso flüssig wird der Schleim. Er kann so abfließen, wird weggeschwemmt.
Beate:	Meine Mutti will, daß ich immer heißen Tee oder Kakao trinke.
LUFTI:	Tja, damit hilfst Du den Medikamenten bei der Arbeit. **Heiße Getränke** lösen den Schleim auch ganz gut. Ihr seht, es gibt gute Tricks gegen »**Die Drei Dicken**« anzukommen, manchmal auch ohne zusätzliche Medikamente. Hast Du schon mal einen **Brustwickel** gemacht, Beate?
Ben:	Was ist denn das?
LUFTI:	Da werden große Duschhandtücher mit warmem Wasser begossen und um Deine Brust gewickelt, da wo die Lungenflügel sitzen. Das ist dann mollig warm.
Beate:	Und das hilft?
LUFTI:	Klaro. Eine Superschleimlösemethode ist das.

Merkbox

Es gibt mehrere Dinge, die Du machen kannst, wenn Du sehr viel Schleim in Deinen Bronchien-Röhren hast: Mit Kochsalz inhalieren, heiße Getränke zu Dir nehmen, einen Brustwickel machen lassen. Wie man einen Brustwickel macht steht im Elterteil auf Seite 136.
Mit all diesen Dingen wird den Medikamenten bei der Schleimlösearbeit geholfen.

Was mußt Du tun, wenn Du plötzlich starke Atemnot hast?
Der Asthma-Anfallsplan

LUFTI: Ihr habt jetzt sehr viel über Asthmabehandlung gehört. Deshalb können wir auch jetzt für jeden von Euch einen Asthma-Anfallsplan erstellen. Der soll Euch helfen, ruhig und sicher zu sein, auch wenn Ihr plötzlich Luftnot bekommt.

Beate: Das ist auch nötig, früher hatte ich immer solch' eine Angst beim Asthmaanfall.

Ben: Genau, und auch meine Eltern rennen dann hoffentlich nicht mehr wie aufgeschreckte Hühner um mich rum!

LUFTI:
Also gut, fangen wir an mit dem Asthma-Anfallsplan: Wenn Euer peak-flow-Meter abfällt (bei Kindern unter 10 Jahren um 50, über 10 Jahren um 100 Punkte) oder wenn Ihr Pfeifen merkt oder Luftnot habt, dann ...

Beate und Ben:
(Im Chor) ... atmen wir mit der Lippenbremse und machen den Kutschersitz.

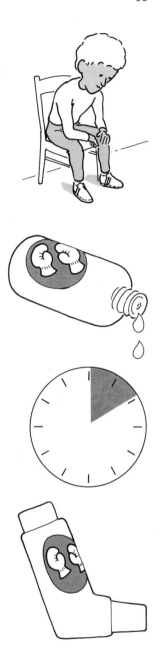

LUFTI:
Wenn es dann nicht besser wird, nehmt Ihr vom Boxhandschuhmedikament höchstens 10 Tropfen und 20 Tropfen ATROVENT und inhaliert das zusammen im Regenschirmmedikament oder in Kochsalzlösung für 10 Minuten.

Ben:
Und wenn wir nicht zu Hause sind, inhalieren wir 2 Hübe Boxhandschuhmedikament als Spray.

LUFTI:
Genauso ist es.

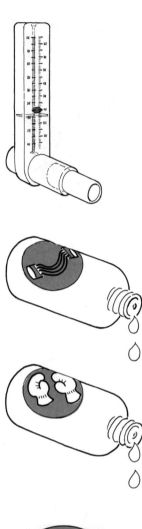

Beate:
Wenn wir 10 Minuten später immer noch Atemnot haben und das peak-flow nicht wieder ansteigt, achten wir auf Lippenbremse und Kutschersitz.

LUFTI:
Und Ihr inhaliert noch einmal mit den Boxhandschuhtropfen oder dem Spray.
Danach müßt Ihr unbedingt so viel Tropfen vom Expander nehmen, wie Ihr Kilogramm wiegt.
Und zuletzt braucht Ihr eine oder zwei Tabletten ...

Beate:
Vom Raumschiffmedikament, den Cortisontabletten.

Ben:
Und wenn es dann immer noch nicht besser geht mit der Luft, rufen wir unseren Kinderarzt oder die Klinik an.

Beate:
Ich schreibe mir die Telefonnummern direkt auf diesen Plan, damit ich sie nicht vergesse.

Nr. . . . .

Ben:
Einmal hab' ich zu meiner Mutti gesagt, sie soll bei mir sitzen bleiben und mit mir atmen, als ich Luftnot hatte. Sie hat mich getröstet und das war echt schön.

LUFTI:
Und wenn Dein Vati da ist, soll er auch mit Dir zusammen die Lippenbremse atmen.

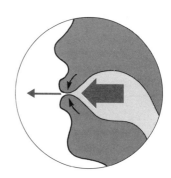

Das macht alle viel ruhiger!

Merkbox

Bitte schaut Euch den Notfallplan an, wie er im Elternteil gedruckt ist (Seite 132). Ihr könnt Euch den Plan kopieren und an Eure Pin-Wand hängen.

Wie kann die Allergie bei Deinem Asthma behandelt werden?

Beate: So'n Mist, die Sonne scheint, tollstes Wetter und ich hab' trotzdem Atemnot beim Laufen und ich muß ständig niesen! Dabei hab' ich doch heute inhaliert mit meinem Regenschirm- und Astronautenmedikament.

Ben: Vielleicht mußt Du noch das Boxhandschuhmedikament mit inhalieren.

LUFTI: Schon richtig, zumindestens vor dem Laufen! Aber ich kenn' noch etwas anderes.

Ben
und *Beate:* Ja, was denn, schieß los!

LUFTI: Beate, Du warst doch letztens beim Arzt, der hat doch Deine Allergien getestet.

Beate: Ja, Du meinst den Hauttest. Und dann hat er auch noch Tropfen in die Nase und später in die Augen geträufelt.

Ben: Und was ist dann passiert?

Beate:	Am Arm hatte ich riesige Quaddeln und hinterher habe ich geniest und geheult, es war einfach schrecklich.
LUFTI:	Was steckte denn in den Tropfen drin?
Beate:	Der Doktor hat gesagt, Gräser-, Birken- und Erlenpollen. Ach ja und Löwenzahnpollen auch noch.
Ben:	Na, dann ist es ja klar, warum Du Dich nicht gut fühlst. Wir sitzen in der Wiese und das auch noch unter einem Baum!
LUFTI:	Beate, damit Dir das nicht jeden Sommer wieder passiert, kann man eine **Gegen-Allergie-Spritzenbehandlung** machen.
Beate und Ben:	*(Gleichzeitig)* Oh nein, wir wollen nicht gespritzt werden.
LUFTI:	Nun mal langsam, regt Euch nicht so auf! In den Spritzen sind nämlich die Pollen drin, die Beate ärgern. Natürlich viel weniger als draußen in der Luft. Euer Arzt spritzt diese Pollenlösung mit einer kleinen Nadel an der Außenseite vom Oberarm unter die Haut. Die Nadel ist viel feiner als eine normale Tannennadel.
Beate:	Tut das nicht weh? Und wie lange und wie oft muß er das tun?
LUFTI:	Einen kleinen Pieks merkst Du schon, aber mehr ist es nicht. Am Anfang spritzt der Arzt einmal pro Woche, später dann alle 2 und dann nur noch alle 4 Wochen. Über insgesamt 3 Jahre.
Beate:	Und danach ist meine Allergie futsch?
LUFTI:	Manchmal ist sie ganz weg, meistens aber ist sie deutlich weniger als vorher. So kannst Du es dann besser aushalten, mitten auf der Wiese und unter einem Baum.
Ben:	Aber ich bin nicht gegen die Pollen, sondern gegen Milben allergisch. Früher mußte ich oft nachts husten, als mein Bett noch nicht aus Synthetik war. Jetzt muß ich nur noch niesen, wenn ich morgens aufstehe, manchmal zwanzigmal hintereinander. Das nervt furchtbar.
LUFTI:	Man kann auch gegen die Milben eine Gegen-Allergie-Spritze machen. Das hilft oft sehr gut.

Beate:	Und auch gegen Pferde, Katzen oder Hunde? Das fänd' ich ganz toll!
LUFTI:	Leider nein, das ist zu gefährlich. Jede Spritze kann mal Asthma machen oder zum Juckreiz führen! Deshalb darf die Spritzenbehandlung nur ein Arzt machen. Ihr müßt 30 Minuten danach noch in seiner Praxis bleiben. Er kann Euch sofort helfen, falls »**Die Drei Dicken**« sich nach so einer Spritze melden sollten.
Ben:	Wenn dann die Allergie weniger wird, mache ich diese Piekerei sofort mit!

Merkbox

Wer mehr über die Gegen-Allergie-Spritzenbehandlung wissen möchte, der schaue in den Elternteil hinein. Dort findet Ihr einen speziellen Hinweis für Eure Eltern und auch für die Ärzte (siehe Seite 133).

Wie kontrollierst Du Dein Asthma?

Ben: Lufti, wie lange soll ich denn noch inhalieren? Ich mach das nun
           schon mehrere Jahre lang.

LUFTI: Geht es Dir denn jetzt besser als früher?

Beate: Also mir geht's viel besser, ich habe schon ein paar Monate
           nichts mehr gemerkt.

LUFTI: Und Du hast trotzdem inhaliert?

Beate: Na klar, gerade deshalb haben sich »**Die Drei Dicken**« nicht
           mehr gemeldet. Auch der Regenschirm und der Astronautenan-
           zug haben keine Löcher bekommen.

Ben: Hast Du das denn mit dem Lungendetektiv oder mit dem peak-
           flow-Meter kontrolliert?

Beate: Abwechselnd, mein peak-flow-Wert ist jetzt immer so um 350
           Punkte. Daran ändert sich nichts mehr.

LUFTI: Das finde ich ganz wichtig: Euer Asthma behandelt Ihr selber
           gut, wenn Ihr von ihm nichts mehr merkt! Dann beruhigen sich
           »**Die Drei Dicken**« immer mehr und nachher können sie sich
           immer weniger aufregen.

Ben: Auch wenn wir weniger Medikamente inhalieren oder es mal vergessen?

LUFTI: Ihr müßt nur aufpassen, daß es nicht zu oft vorkommt. Denkt an die Löcher im Regenschirm oder Astronautenanzug! Denn manchmal dauert es Jahre, weil »**Die Drei Dicken**« so nervig sind. Erst dann kann man vielleicht mit dem Inhalieren ganz aufhören.

Beate: Klasse, dann kann ich ja den Würfel mit dem Astronautenmedikament wieder wegstellen.

LUFTI: Du mußt das zusammen mit Deinem Arzt ausprobieren, ob Du weniger Medikamente brauchst. Ihr könnt das ja auch in der Schnüffelkiste (Lungenfunktion) prüfen.

Ben: Oder ich mache einen Lauftest auf dem Laufband mit weniger Medikamenten. Wenn der Test gut klappt, kann es vielleicht bei weniger Regenschirm- und Astronautenmedikament bleiben.

LUFTI: Klaro, aber das klappt nur, wenn Ihr als Euer Lungendetektiv immer wieder spürt, ob die Luft wirklich »rein ist auf lange Zeit«. Denn Schnüffelkiste und Lauftest messen immer nur kurz und reichen deshalb alleine nicht aus.

Rätsel für pfiffige Asthmaexperten

Hier kannst Du jetzt überprüfen, was Du Dir alles über das
Asthma hast merken können. Kreuze immer die Sätze an, die
aus Deiner Sicht richtig sind. Du mußt aufpassen: Bei manchen
Sätzen ist immer nur eine Möglichkeit richtig, bei manchen sind
zwei Möglichkeiten richtig. Wenn mehrere Sätze richtig sind,
dann kreuze beide an. Wenn Du die Buchstaben der richtigen
Sätze hintereinander aufschreibst, erhältst Du die **Lösung**.

Auf »los« geht's los:

1. *Beate merkt nichts von ihrem Asthma. Sie soll ...*

B ○ .... die Chance nutzen und mit der Katze ihrer Freundin spielen.

L ○ .... wie alle Kinder spielen und sich freuen.

R ○ .... ihre Medikamente nicht mehr einnehmen.

S ○ .... denken »oh, das Asthma ist für immer weg«.

2. *Ben hat zu Hause ein Inhaliergerät. Damit soll er ...*

N ○ .... nur inhalieren, wenn es ihm schlecht geht.

U ○ .... so umgehen, wie er es mit seinem Arzt besprochen hat.

E ○ .... nur am Wochenende, wenn keine Schule ist, inhalieren.

W ○ .... nur nachts inhalieren.

3. *Beate hat von Lufti etwas über Asthmamedikamente gehört, sie weiß jetzt, ...*

Ö ○ .... daß der Arzt immer auslost, welchem Kind er welche Medikamente verschreibt.

F ○ .... wie sie die verschiedenen Asthmamedikamente einnehmen soll.

S ○ .... wie ihr Stundenplan im nächsten Schuljahr aussieht.

T ○ .... auf welcher Stufe ihre Medikamente stehen und wie sie wirken.

4. *Ben überlegt: »Asthma ist ...*

P ○ .... eine Krankheit, bei der man nichts machen kann.«

M ○ .... eine gerechte Strafe.«

E ○ .... ein kräftiger Husten, so daß man keinen Sport treiben kann.«

I ○ .... eine Erkrankung der Atemwege, wo ›Die Drei Dicken‹ (Schleim, Schleimhaut, Muskeln) den Platz für Luft in den Röhrchen (Bronchien) wegnehmen.

5. *Ben, Beate und Lufti haben Asthma. Sie sollen ...*

V ○ .... auf keinen Fall Sport treiben, denn Sport macht Asthma.

I ○ .... möglichst keinen Kontakt zu Tieren haben, wenn sie auf Tierhaare allergisch sind.

Z ○ .... gegenüber den Geschwistern bevorzugt werden, da sie krank sind.

S ○ .... sich so viel belasten, wie sie können, aber ihrem Sportlehrer mitteilen, wenn sie eine Pause brauchen.

6. *Was kann Asthma mit auslösen ...*

D ○ .... Bonbons lutschen und Kakao trinken?

T ○ .... Zigarettenrauch?

D ○ .... Tierhaare, Pollen, Hausstaubmilben?

L ○ .... mehr als eine Stunde fernsehen pro Tag?

7. *Wenn Du alles getan hast, was Dir normalerweise hilft, und die pfeifende Atmung und Luftnot mehr wird, dann solltest Du ...*

R ○ .... schneller atmen.

E ○ .... genau auf Dich selber achten und Deinen Eltern sagen, daß Du Hilfe brauchst.

A ○ .... so viele Medikamente nehmen wie sonst.

C ○ .... niemanden unnötigerweise belästigen.

8. *Ben geht es schlechter mit dem Luftholen. Er soll ...*

K ○ .... die Warnsignale einfach nicht beachten.

R ○ .... an den Lungendetektiv und die peak-flow-Messung denken.

G ○ .... an seinen Anfallsplan denken, Entspannungsübungen und Lippenbremse anwenden.

F ○ .... auf dem Spielplatz toben, um zu merken, wann der Anfall losgeht.

9. *Beate fragt* Ben: »*Was kann ich eigentlich – außer Medikamente einzunehmen – gegen Asthma tun?*

R ○ .... Atemübungen, Entspannungsübungen?
I ○ .... Fernsehen und viel essen?
L ○ .... schnell atmen, um mehr Luft zu bekommen?
Ö ○ .... Auslöser meiden, viel trinken?
L ○ .... abends eine Stunde später ins Bett gehen.

10. *Ben erzählt, was er von Lufti über Warnsignale erfahren hat:*

S ○ .... »Wenn ich sorgfältig und ruhig in mich hineinhorche, kann ich bestimmte Körpersignale erkennen.«
E ○ .... »Braucht man nicht beachten, da sie schwer zu erkennen sind.«
S ○ .... »Körpersignale sind zum Beispiel Schwierigkeiten beim Atmen, Übelkeit, Schwitzen, Husten.«
M ○ .... »Wenn ich drei Signale verspüre, soll ich sofort den Arzt verständigen.«

11. *Beate zeigt ihr peak-flow-Meßgerät. Sie ...*

W ○ .... muß so kräftig pusten bis sie nicht mehr kann, und dann den besten Wert aufschreiben.
T ○ .... soll das Gerät benutzen, um sich besser einschätzen zu können.
U ○ .... sollte so lange trainieren, bis sie über 500 kommt.
E ○ .... nur ihren Wert beachten, da man mit dem peak-flow-Meter keinen Wettkampf: »Wer schafft am meisten« machen kann.

Die Lösung lautet:

$\overline{1}\ \overline{2}\ \overline{3}\ \overline{4}\ \overline{5}$ $\overline{6}\ \overline{7}\ \overline{8}$ $\overline{9}\ \overline{10}\ \overline{11}$ $\overline{12}\ \overline{13}\ \overline{14}\ \overline{15}\ \overline{16}\ \overline{17}\ \overline{18}$

Die richtige Lösung steht auf Seite 150.

Name: Monat/Jahr:

Peak-flow-Werte am:	1	2	3	4	5	6	7	8	9	10	11	12	13	14	15	16	17	18	19	20	21	22	23	24	25	26	27	28	29	30	31
520																															
500																															
480																															
460																															
440																															
420																															
400																															
380																															
360																															
340																															
320																															
300																															
280																															
260																															
240																															
220																															
200																															
180																															
160																															
140																															
120																															
100																															

o   morgens vor Inhalation:

x   morgens nach Inhalation:

Du bist der Lungendetektiv. Welche Bronchienscheibe paßt heute für Dich?

1.   2.
3.   4.

Schreibe die richtige Zahl auf. →

Der Elternteil

Eine Einführung

Die Erkrankung Ihres Kindes mit der immer wiederkehrenden Atemnot, die ständigen Infekte mit Pfeifen oder auch »nur das ausgiebige Husten« beim Laufen, wirken sich nicht nur auf Ihr Kind aus, sondern belasten und fordern die gesamte Familie. Ärzte und Psychologen gehen zunehmend von dem Grundsatz aus, daß Asthma eine Krankheit ist, die erkannt, behandelt und gemeinsam in der Familie bewältigt werden muß.

Die folgenden Abschnitte für Eltern und teilweise auch für Lehrer bzw. andere Betreuer Ihres Kindes sollen Sie in kurzen und knappen Zügen über die Asthma-Erkrankung informieren, die nach aktuellen Erkenntnissen als häufigste chronische Erkrankung des Kindesalters gilt. Ca. 12 Prozent aller schulpflichtigen Kinder leiden zeitweise oder dauernd an asthmatischen Beschwerden. Asthma ist die Ursache für mehr als ein Viertel der wegen Krankheit versäumten Schultage.

Neben diesen Informationen möchte wir Ihnen Anregungen und Hilfen geben, wie Sie und Ihr Kind trotz Asthma ein weitgehend »normales Leben« führen können.

Und damit es Ihnen – falls Sie selber nie an Atemnot gelitten haben – etwas leichter fällt, sich in Ihr asthmakrankes Kind besser hineinzufühlen, versuchen Sie doch einmal folgendes:

Atmen Sie 2 Minuten lang mit zugehaltener Nase durch einen Strohhalm! Die Empfindungen, die Sie während dieser Zeit bemerken, haben Asthmakinder teilweise über mehrere Stunden lang! Sie merken rasch: Asthmakinder sind sicherlich keine »eingebildeten Kranken, Simulanten oder Drückeberger«.

≡ Was ist Asthma?

Charakteristisch für das **Asthma bronchiale** ist die erheblich gesteigerte Reaktionsbereitschaft des Bronchialsystems auf die unterschiedlichsten Reize der Umwelt. Mediziner nennen dies **Hyperreagibilität**, ein zentraler Begriff für das Verständnis des Asthmas.

Reize sind sogenannte Auslöser. So können zum Beispiel Viren oder der Staub der Hausstaubmilben in der Schleimhaut der Bronchien Vermittlersubstanzen (sogenannte Mediatoren) freisetzen. Zu diesen Substanzen gehört unter anderem das Histamin. Dessen Ausschüttung führt zu einer Schwellung der Bronchialschleimhaut, der Bildung von zähem Schleim und zu einer Verkrampfung der Bronchialmuskulatur.

Das gemeinsame Ergebnis dieser Veränderungen ist eine deutlich verengte Lichtung der Atemwege. Prinzipiell ist diese Verengung umkehrbar. Nach neuesten Erkenntnissen führt jedoch jedes asthmatische Geschehen zu chronischen Entzündungsreizen in der Bronchialschleimhaut. Wie in einem Teufelskreis können dann wieder neue Auslöser auf ein schon sehr gereiztes, hyperreagibles Bronchialsystem treffen. Deshalb ist es erklärlich, daß Kinder nicht selten schon auf geringste Auslöser wie zum Beispiel kalte Luft oder mäßiges Laufen mit Luftnot reagieren. Sie als Eltern sollten ferner wissen, daß die Entzündungsbereitschaft der übererregten Bronchien wochen- bis monatelang anhält. Dies gilt schon für die Zeit nach einem Asthmaanfall.

Lungenfachärzte in der Kinder- und Erwachsenenheilkunde haben versucht, das Asthma in verschiedene Schweregrade einzuteilen. Dies ist recht schwierig, da kein Kind mit Asthma einem anderen völlig gleicht. Allerdings gibt es viele Ähnlichkeiten, so daß die Weltgesundheitsorganisation empfohlen hat, das Asthma in 4 verschiedene Schweregrade einzuteilen.

Beim *Schweregrad 1* haben die Kinder maximal fünfmal pro Jahr Atemnot.
Beim *Schweregrad 2* tritt Luftnot bis maximal zehnmal pro Jahr auf,
beim *Schweregrad 3* zwischen zehn- und zwanzigmal,
beim *Schweregrad 4* ist das Asthma mehrfach pro Monat, teilweise wöchentlich bis täglich nachweisbar.

Die überschießende Asthmabereitschaft wird teilweise vererbt. So erhöht sich das Risiko, an Asthma zu erkranken, von 10 auf 20 Prozent, wenn eines der Elternteile Asthma hat. Teilweise wird die Übererregbarkeit

durch schwere Erkältungen und Infektionen der Bronchien im Säuglings-
und Kleinkindalter erworben. Die meisten dieser Infekte sind virusbedingt,
**antibiotische Medikamente helfen dann nicht und können die Asth-
maentwicklung nicht verhindern!**

Zur Prognose des Asthmas im Kindesalter ist zu sagen, daß die
Übererregbarkeit der Bronchien während des gesamten Lebens **nicht** völlig
verschwindet. Asthma ist somit auch nicht ursächlich heilbar. Allerdings
macht sich bei vielen angemessen behandelten Kindern später das Asthma
nur selten bemerkbar, zum Beispiel lediglich bei Infekten oder auch nur
nach schwerer Anstrengung. Wir können von einer sogenannten »Drittel-
Regel« sprechen:

Ein Drittel aller Kinder verliert sein Asthma bis auf geringe Rest-
symptome,
bei einem weiteren Drittel bessert sich das Asthma trotz geringer
werdender medikamentöser Therapie. So kann Ihr Kind oft jahre-
lang beschwerdefrei sein und eventuell erst als Erwachsener erneut Asthmasymptome entwickeln.
Das dritte Drittel aller Kinder behält sein Asthma unverändert
weiter, manchmal verschlechtert es sich. Letzteres tritt insbesondere bei ungenügender Behandlung zu.

≡ Eine chronische Erkrankung muß behandelt und bewältigt werden

Asthma ist damit eine Erkrankung, deren Beschwerden meistens über Jahre hinweg andauern, z.T. auch lebensbegleitend sind. Von der **Zeitdauer** unterscheidet sich das Asthma daher erheblich von Krankheiten wie z.B. einer Erkältung, von Masern oder einem Armbruch, die relativ schnell wieder verschwinden.

In jeder Altersstufe Ihres Kindes gibt es zahlreiche **Herausforderungen** und Aufgaben, die es zu **bewältigen** gilt. Auch Sie als Eltern tragen Ihr »Päckchen«. Die Folgen und Begleitumstände des Asthmas bringen zusätzliche Anforderungen mit sich, die Ihr Kind und Sie immer wieder zu meistern haben.

Herausforderungen (von denen hier nur einige genannt werden können), die das Asthma an Ihr Kind stellt, sind:

- Durchführung einer asthmabezogenen Dauertherapie (z.B. regelmäßiges, »langweiliges Inhalieren«).
- Schmerzen und Ängste aufgrund diagnostischer und therapeutischer Behandlungsprozeduren.
- Vermeiden und Verzichten auf evtl. attraktive Dinge wie z.B. Tiere, Spielen im Heu, bestimmte Nahrungsmittel.
- Verhalten in der Schule, gegenüber Mitschülern und Lehrern und insbesondere in den Sportstunden.
- Verhalten in der Freizeit, im Sportverein, gegenüber den Freunden, Situation in der Familie.
- Umgang mit Gefühlen, die in Verbindung mit dem Asthma stehen, wie z.B. Angst vor/in der Luftnot, Schamgefühl vor anderen Menschen, Ärger und Wut über die Ungerechtigkeit der Krankheit, Schuldgefühle.
- Gedanken und Gefühle über sich selber und insbesondere Auseinandersetzungen mit dem Selbstwertgefühl.

Auch Sie und die anderen Mitglieder der Familie sind in den verschiedensten Varianten durch die Asthmaerkrankung Ihres Kindes mitbetroffen.

Herausforderungen an die Familie sind z. B.:

- Wahl der »richtigen Behandlung«, Organisation der Behandlung des Kindes, Informationsbeschaffung.
- Erziehungsfragen: Versorgen, aber nicht verwöhnen; auf besondere Bedürfnisse des asthmakranken Kindes eingehen, aber nicht bevorzugen; stützen, aber nicht Verantwortung abnehmen etc.
- Reaktionen der Geschwister.
- Enttäuschung oder Wut über unerfüllte Hoffnungen.
- Verzicht oder Einschränkung auf liebgewonnene Dinge wie Haustiere, Rauchen etc.
- Gefühle von Angst vor/bei Luftnotsituationen, Hilfslosigkeitsgefühle.
- Das Gefühl, alleine mit der Situation dazustehen.
- Schuldgefühle.
- Enttäuschung und Ärger über wenig Freiheit für Erholung, wenig »Zeit für sich«.

Insgesamt wird deutlich, daß das Asthma zahlreiche Herausforderungen an das Alltagsleben Ihres Kindes und die Familie als Ganzes stellt.

Wie können Sie mit diesen Fragen umgehen?

Beim Umgang mit dem Asthma gibt es keine **rezeptartigen Lösungen**. Ihr Kind und Sie als Familie sollten für sich nach **eigenen**Wegen suchen, die für Sie und Ihre Situation am besten passen. Was für eine Familie hilfreich erscheint, kann für die andere eher hinderlich sein. Für manche Kinder mag es z. B. förderlich sein, sie mehr in ihrer Selbständigkeit zu ermutigen, wogegen andere gerade mehr Unterstützung bedürfen.

Die Suche nach Lösungswegen kann dabei für Sie auch aufreibend und anstrengend sein. Manche Dinge werden Sie erst über Umwege erreichen. Manches werden Sie vielleicht auch neu überdenken und Sie kommen zu ganz anderen Ergebnissen.

In diesem Zusammenhang kann Ihnen auch der Erfahrungsaustausch mit anderen Betroffenen helfen: Austausch über Sorgen und Nöte, Anregungen, Ermutigung, sich verstanden fühlen, Druck ablassen können

etc. Mittlerweile gibt es zahlreiche Asthmazentren, die berufsgruppenüber-
greifende Betreuungsangebote anbieten (s. Adressenliste S. 153). Weiter-
helfen können Ihnen des weiteren Beratungsmöglichkeiten in Schulen, allgemeine Beratungsstellen sowie Selbsthilfegruppen (s. Kontaktadressen
S. 153).

Bei einer umfassenden Betreuung von asthmabetroffenen Kindern
sollten neben allen medizinischen Fragen auch die hier erwähnten Bereiche
einbezogen werden, um die Kinder und ihre Familien umfassend zu unterstützen und zu fördern.

≡ Was löst Asthma aus?

Eine Vielzahl von Faktoren, die aus der Umwelt auf uns einströmen und die wir teilweise einatmen, sind in der Lage, Asthma auszulösen. Die Symptome können manchmal sofort auftreten, manchmal aber auch erst verzögert nach mehreren Stunden (zum Beispiel nächtliche Atemnot nach einem Besuch im Zoo während der Mittagsstunden). Neben den erwähnten Infekten der Luftwege kommen die unterschiedlichen Allergene wie Hausstaubmilben, Pollen, Schimmelpilze oder Tierhaare in Frage. Ferner können körperliche Belastung wie Laufen oder anderer Sport, aber auch psychische Einflüsse wie Lachen, Freude, Aufregung, Ärger oder Traurigkeit Atemnot auslösen.

Natürlich dürfen die Umweltverschmutzungen nicht unerwähnt bleiben wie Industrie- und Autoabgase, wir müssen auch auf den »Smog-Alarm« durch das Rauchen in Innenräumen immer wieder hinweisen. Ferner haben Sie als Eltern oft erfahren, daß das Asthma Ihres Kindes auch abhängig vom Wetter auftritt. Bei manchen Kindern führt klare Kaltluft zu Atemnot, andere wiederum husten und pfeifen bei neblig-trübem Wetter, wieder andere bei schwül-warmem Wetter. Nicht selten ist das Asthma Ihres Kindes in seiner Intensität abhängig von der Jahreszeit. So geht es Pollenasthmatikern besonders dann schlecht, wenn herrliches Sommerwetter mit luftiger Brise vorherrscht.

Gemäß den verschiedenen Auslösern können wir unterschiedliche Asthmaformen unterscheiden:

Infekt-Asthma beginnt häufig mit einer einfachen Erkältung oder einem grippalen Infekt. Trotz angemessener Behandlung heilen diese nicht richtig aus und führen zunächst zu einem über Wochen und Monate andauernden Reizhusten, teilweise auch zu hartnäckigen Atemwegsverschleimungen mit pfeifender Atmung. Es entwikkeln sich regelrechte asthmatische Beschwerden, welche sowohl bei körperlicher Belastung aber auch im Ruhezustand auftreten können.

Das **allergische Asthma** ist eine sehr häufige Asthmaform bei Kindern und Jugendlichen. Hier wirken die eingeatmeten Umweltallergene und lösen die Überempfindlichkeit des Bronchialsystems erneut aus. Um Mißverständnisse vorzubeugen, möchten wir erwähnen: Die Allergie ist nicht ein Mangel, sondern ein Überschuß an körpereigener Abwehr!

Das **Belastungsasthma** tritt im Kindes- und Jugendalter mitunter auch ohne sonstige Asthmaformen auf. Insbesondere kontinuierliche Anstrengungen, wie intensives Laufen ohne Pause, führt zu Hustenreiz bis hin zu Pfeifen und Atemnot.

Wir möchten betonen, daß die meisten Kinder ein »gemischtes Asthma« haben, das aus einer Kombination der oben beschriebenen Formen besteht. Ferner gibt es ca. ein Drittel aller Kinder, die zwar Asthma, aber **keine** bislang erkennbare Allergie haben.

≡ Wie können Sie Warnsignale oder Asthmabeschwerden Ihres Kindes erkennen?

Asthmasignale sind sehr unterschiedlich: Sie können zum Beispiel lediglich ein ständiges Hüsteln bei Belastung oder Rauchkontakt sein. Oder Ihre Kinder weisen eine auffallende Körperhaltung auf, in dem sie mit hochgezogenen Schultern und eingezogenem Hals sitzen und atmen, dabei die Hände aufstützen. Bei manchen Kindern wiederum gibt es heftige Hustenanfälle, manchmal bis hin zum Erbrechen. Oder akute Atemnot, bei der die Lunge völlig »still« ist, so daß auch ein Arzt beim Abhorchen kein Atemgeräusch hört! Das Pfeifen oder Giemen mit verlängerter Ausatmung ist meist auch ohne Stethoskop hörbar. Manche Kinder husten beim Eisessen oder beim Trinken kalter Getränke oder auch beim Lachen. Wiederum hüsteln manche Kinder ständig, sowohl tags wie auch oft nachts im Schlaf; oder sie können nur im Sitzen schlafen. Asthma sind demnach nicht nur sogenannte »Anfälle« sondern auch die kleineren Dauerbeschwerden, jeden Tag.

Es wird deutlich, daß ein kindliches Asthma nicht mit einer einheitlichen Elle gemessen werden kann. Auch die Intensität und die Dauer der Beschwerden sind sehr unterschiedlich. Es gibt kurze Minuten oder nur wenige Stunden dauernde Episoden. Bei anderen Kindern hält die Luftnot über mehrere Tage an. Manche Kinder haben monatelang keine normale Atmung, sie leiden an einem Dauerasthma.

Die Auswirkungen sind oftmals nicht sofort spürbar. Je enger und verkrampfter das Bronchialsystem, desto schlechter kann die Luft bei der Ausatmung abgeatmet werden. Die Restluft bleibt vermehrt in den Lungenbläschen und führt zur Lungenüberblähung. Der Asthmakranke spürt die starke Luftnot. Die daraus resultierende Erstickungsangst kann den Krampf der Bronchialmuskulatur verstärken. Insbesondere die Kinder mit dauerasthmatischen Beschwerden oder auch der sogenannten »stillen Lunge« sind gefährdet, bei geringfügigen Anlässen in einen Sauerstoffmangel zu geraten und zum Beispiel eine Blaufärbung der Lippen zu entwickeln. Selten kann das Asthma zu plötzlicher Bewußtlosigkeit, zu Atemstillstand mit Todesfolge führen. Aus unserer Erfahrung möchten wir betonen, daß sich bei den meisten Kindern diese Gefahr sehr langsam, aber dafür oft auch verdeckt entwickelt. Besonders gefährdet sind dabei heranwachsende Jugendliche.

≡ Welche Untersuchungen sind beim Asthma erforderlich?

Trotz aller Meß- und Untersuchungsmethoden ist Ihre **elterliche Beobachtung** unverzichtbar. Aufgrund der Häufigkeit und Schwere der Symptome des Asthma Ihres Kindes ist die Dauertherapie gemeinsam mit dem Arzt zu steuern.

Zur Klärung einer Asthmasituation gehören **Blutuntersuchungen** (vor allem Blutbild, Immunglobuline = Abwehrsubstanzen). Mindestens einmal muß bei Ihrem Kind auch eine **Röntgenuntersuchung** der Lunge und der Kieferhöhlen vorgenommen werden.

Ein weiterer wichtiger Mosaikstein sind **Lungenfunktionsmessungen**. Dabei läßt sich feststellen, ob eine Verengung der großen oder kleinen Bronchien vorliegt. Darüber hinaus kann festgestellt werden, ob eine Überblähung oder sogenannte Fesselluft (trapped gas) vorliegt. Diese Lungenfunktionsmessungen erfolgen mit Hilfe spezieller Lungenfunktionsmeßgeräte. Nur bei ausreichender Mitarbeit Ihres Kindes können derartige Lungenfunktionsmessungen durchgeführt werden. Lungenfunktionsmessungen stehen am Beginn einer Asthmatherapie. Sie werden auch als Ergänzung zu Ihren elterlichen Angaben zur Überwachung und Steuerung der Dauertherapie immer wieder benötigt.

Die körperliche Belastbarkeit beim Asthma läßt sich über einen **Belastungstest** messen: Es wird die Lungenfunktion nach einem sechsminütigen Dauerlauf (möglichst mit Laufband) geprüft. Bei diesem Test erfolgt eine altersentsprechende durchschnittliche Belastung Ihres Kindes.

Wenn allergische Auslöser für das Asthma mit in Frage kommen, so werden diese über **Hauttestungen** geklärt. Die häufigste Hauttestung ist die **Pricktestung:** Dabei wird ein kleiner Wassertropfen mit Allergeninhalt auf die Haut getropft und durch diesen Tropfen hindurch wird die Hautoberfläche eben angeritzt. Der Schmerz ist für Ihr Kind nicht stärker als ein sanfter Stecknadelpiek.

Ein **RAST-Test** (die Untersuchung von allergischen Abwehrkräften im Blut) ist nur erforderlich, wenn der Hauttest nicht durchführbar ist, wie z. B. bei einer schweren Neurodermitis oder wenn Ihr Kind so klein ist, daß Hautteste Angst auslösen könnten.

Der endgültige Beweis dafür, ob das Allergen wirklich das Asthma auslöst, läßt sich über eine sogenannte **Provokationstestung** führen. Es handelt sich um die Überprüfung der Bronchialschleimhautreaktion auf das einzelne Allergen. Es ist möglich, daß Ihr Kind innerhalb von 24 Stunden auf eine derartige Provokation eine asthmatische Reaktion zeigt. Dies ist Grund dafür, daß eine Lungenprovokation nur im Krankenhaus durchgeführt werden sollte.

Eine Lungenprovokationstestung ist nur dann erforderlich, wenn über eine Hyposensibilisierung nachgedacht werden muß (s. S. 133).

Das Ausmaß der bronchialen Reizbarkeit bei Ihrem Kind (Hyperreagibilität, s. S. 110) kann ebenfalls mit Hilfe der Lungenfunktionsuntersuchung geklärt werden. Es wird dabei mit Substanzen provoziert, die die Bronchialschleimhaut zu einer Asthmareaktion veranlassen (Histamin, Metacholin, Kaltluft). Je weniger Reizstoff nötig ist, desto ausgeprägter ist die Hyperreagibilität, somit auch die Asthmaproblematik.

Für die **Gesamtbeurteilung** des Asthma bei Ihrem Kind ist es notwendig, die verschiedenen Auslöser, die die Reizbarkeit steigern oder auch Asthmabeschwerden auslösen, zu klären. Die Behandlung des Asthma muß sich für Ihr Kind nach drei Dingen richten.

1. **Beschwerden, die Sie als Eltern bemerken.**
2. **Das Ausmaß der Hyperreagibilität.**
3. **Kenntnis der verschiedenen Auslöser.**

Die Behandlung

Vorbeugung

Der erste und wichtigste Schritt bei jeder Form der Asthmatherapie ist die weitgehende Vermeidung möglicher oder bekannter Auslöser sowie schädlicher Einflüsse auf das hyperreagible Bronchialsystem (s. S. 115).

Was können Sie als Eltern vorbeugend tun?

Zunächst einmal ist die Erkenntnis wichtig, daß für Kinder eine bestimmte Anzahl an Erkältungen durchaus normal ist. (Im Vorschulalter 6–8 Erkältungen pro Jahr.)

Da die **Infektauslösung** eine der häufigsten Ursachen des Asthma darstellt, ist es sinnvoll, *infektvorbeugende* sogenannte abhärtende Maßnahmen durchzuführen: Hierzu gehören Wechselduschen, Kneipp'sche Anwendungen (möglichst täglich) oder auch ein regelmäßiger Saunabesuch (einmal die Woche). Entscheidend ist sowohl beim Wechselduschen als auch bei der Sauna der extreme Temperaturwechsel, der letztendlich die »Abhärtung« bewirkt. Beim Saunabesuch sollten Sie darauf achten, daß keinerlei Aufgüsse durchgeführt werden. Sofern keine Herzerkrankung vorliegt, bestehen für Asthmatiker keine Bedenken gegen einen Saunabesuch, egal wie alt Ihr Kind ist. Durch diese Maßnahmen sind ähnliche infektvorbeugende Effekte zu erreichen, wie z. B. durch einen Aufenthalt an der Nordsee.

Zur Senkung der Infekthäufigkeit gehört auch, daß die Schlafraumtemperatur möglichst nicht über 16 °C und die Wohnraumtemperatur nicht über 20 °C gehalten werden. Der Aufenthalt in Frischluft ist für Ihr Kind ebenfalls infektvorbeugend wirksam.

Ein häufiger Grund für Infekte sind Hallenbadbesuche. Achten Sie darauf, daß sowohl vor als auch nach dem Bad möglichst Wechselduschen vorgenommen werden. Außerdem sollte Ihr Kind nach dem Baden unbedingt die Haare fönen.

Tiere begünstigen, wenn sie im Haus oder in der Wohnung gehalten werden, das Entstehen von Allergien. Somit ist es wünschenswert, daß Sie im Sinne einer allgemeinen Vorbeugung auf eine **Tierhaltung** im Wohn- und Spielbereich grundsätzlich verzichten. Durch diesen Verzicht können Sie ganz entscheidend das Entstehen neuer Allergien verhindern.

Solange eine Tierhaarallergie noch nicht vorhanden ist, kann Ihr Kind durchaus befreundete Kinder, die im Haushalt Tiere haben, oder auch einen Zoo oder Zirkus besuchen.

Zur Vorbeugung und Behandlung einer **Milbenallergie** gehört die Durchführung einer sogenannten *Sanierung*. Es genügt meist, das Zimmer Ihres Kindes (Schlaf- und Spielbereich) nach den Gesichtspunkten auszurichten, die auf dem entsprechenden Merkblatt (s. S. 123) angefügt sind. Durch diese Maßnahmen lassen sich eine Verringerung der Milbenzahl erreichen. Für eine allergische Reaktion auf Milbenkot (der Kotstaub löst die Allergie aus, nicht die Milbe selbst) ist es erforderlich, daß eine bestimmte Mindestmenge an Kot bzw. Milben im Staub enthalten ist. Ein milbenfreies Wohnen ist für niemanden möglich, da die Milben davon leben, daß sie menschliche Hautschuppen als Hauptnahrungsmittel verzehren. Durch die sogenannte Sanierung können Sie aber die Anzahl der Milben und damit die Menge des Milbenkotes positiv beeinflussen.

Je nach Schwere des Asthmas ist es durchaus möglich, daß auch bei einer vorhandenen Milbenallergie es für Ihr Kind ausreichend ist, neben der Sanierung eine regelmäßige Inhalation durchzuführen. Somit kann oft auf eine Hyposensibilisierung (s. S. 133) verzichtet werden.

Derzeit wird vielerorts empfohlen, mit ACAROSAN Teppich, Möbel und Matratzen zu behandeln. Eine günstige Wirkung dieses chemischen Präparates auf die Allergie ist bisher nicht sicher nachgewiesen. Im Vergleich zu einer regelmäßigen und gründlichen Reinigung gemäß den Sanierungsempfehlungen bringt ACAROSAN keine weitere Besserung.

Für den Schlafbereich sind *Pflanzen* ebenfalls sehr ungünstig, da sie immer **Schimmelpilze** enthalten. Gleiches gilt auch für Luftanfeuchter und Luftfilter, die sich praktisch immer besiedeln und keine entscheidene Besserung des Allergenmilieus erbringen. Zudem sind solche Geräte recht teuer.

Wenn Ihr Kind eine **Pollenallergie** hat, so ist es ratsam, den Polleninformationsdienst zu verfolgen und während des Pollenfluges die Fenster spätestens nachts zwischen 24.00 Uhr und 2.00 Uhr zu schließen. Bei sehr starkem Pollenflug sollte Ihr Kind vor dem Zubettgehen die Haare noch einmal waschen.

Ein weiterer, ganz zentraler Punkt bei der Asthmaauslösung ist der **Tabakrauch.**

Unfreiwillig eingeatmeter Tabakrauch ist der für den Menschen gefährlichste Schadstoff im Wohnbereich. Das passiv mitrauchende Kind oder der Jugendliche atmet selbst bei einer starken Verdünnung des Tabakstromes sehr hohe Mengen hochgiftiger Rauchinhalationsstoffe (insbesondere Stickoxide und Schwefeldioxid) ein. Dies gilt auch für nur eine Zigarette.

Gerade diese beiden Gase sind unter anderem für das Waldsterben bei einer zu hohen Außenbelastung (Smog) verantwortlich. Sie führen beim Asthmatiker zu einer zusätzlichen Reizung des übererregbaren Bronchialsystems (s. S. 110), somit zu einer Zunahme der Asthmasymptome. Wissenschaftliche Untersuchungen zeigen, daß passive Rauchbelastungen die Rate an Allergien um das Doppelte ansteigen lassen. Die Asthmabeschwerden in Familien mit Rauchern sind doppelt so häufig nachweisbar wie in Familien, in denen nicht geraucht wird.

Zahlreiche Innenraummessungen haben ergeben, daß die Belastungskonzentrationen für Passivraucher so hoch sind wie bei einem Smogalarm!

Ohne es zu wollen, muß der »Passiv-Raucher« somit ein beträchtliches Gesundheitsrisiko mittragen. Dies wirkt sich noch gravierender bei kindlichen/jugendlichen Passivrauchern aus, da diese ohnehin einen empfindlicheren Organismus haben.

Zudem ist es sehr widersprüchlich, auf der einen Seite Medikamente gegen das Asthma zu geben und auf der anderen Seite mit dem Rauchen Asthmasymptome zu fördern. Dies hat den Effekt wie bei einem Auto, bei dem Sie zugleich auf Gas und Bremse treten würden.

Sie als Eltern sollten Ihre Kinder vor jeglicher Rauchbelastung schützen. Dies trägt direkt zu einer Verminderung des Medikamentenbedarfes bei. Unter Umständen sind klare Absprachen mit Besuchern/Verwandten über diese »Spielregeln« zu führen.

Schlußfolgerung: Die beste Lösung ist, daß Sie als Eltern – sofern Sie rauchen – das Rauchen aufgeben. Die zweitbeste Lösung ist das Einrichten von rauchfreien Zonen für Ihr Kind. Dieses bedeutet, daß nur noch in extra Zimmern (Raucherzimmern), auf Terrassen oder auf Balkonen geraucht wird. Dies bedeutet auch, daß in Autos grundsätzlich nicht geraucht wird.

Maßnahmen bei Hausstaubmilbenallergie

I. Im Schlafzimmer und Spielbereich des Patienten

1. Matratzen sollten aus Schaumstoff bestehen, Betten und Kopfkissen aus Kunstfaser. Für die Bezüge ist Leinen oder glatte Baumwolle (nicht Frottee, nicht Biber) zu wählen. Tagsüber Matratzen ausgiebig lüften; Oberbett nicht auf der Matratze liegen lassen. Einmal pro Woche von allen Seiten absaugen.
   Zu vermeiden sind unbedingt: Roßhaar-, Kapok- und »Seegras«-Matratzen, Daunen- und Federbetten, Schafwoll- und Kamelhaardecken, Tierfelle.
2. Als Alternative bietet sich ein Polyurethanüberzug an (Halmite der HAL-Allergie GmbH bzw. Mitecare der Firma APH-Allergieprodukte).
3. Eventuell muß im Einzelfall die Matratze nach einigen Jahren erneuert werden.
4. Die Bettwäsche sollte wöchentlich gewechselt werden, möglichst bei 95 °C waschen. Die Inletts sollten bei mindestens 60 °C einmal alle 8–12 Wochen gewaschen werden.
   Befinden sich im Schlafzimmer des Patienten weitere Betten, so müssen diese auf die gleiche Weise ausgestattet sein. Falls das nicht möglich ist, sind die Betten so weit wie möglich vom Bett des Patienten entfernt aufzustellen.
5. Kuscheltiere dürfen nur im Kinderzimmer verbleiben, sofern sie bei mindestens 60 °C waschbar sind. Außerdem empfiehlt es sich, erst die Kuscheltiere für 10 Minuten in einem Trockner bei 90–110 °C zu trocknen und dann anschließend zu waschen.
6. Keine Topfblumen im Schlafzimmer. Kein Luftbefeuchter.
7. Möglichst glatter Fußboden (Kork, Holz, Linoleum, PVC, Fliesen). Das Entfernen von Milben aus Teppichböden ist auch durch intensivstes Staubsaugen kaum möglich.

II. In der ganzen Wohnung, zusätzlich natürlich auch im Schlaf- und Spielbereich:

1. Alle »Staubfänger« sind aus der Wohnung zu entfernen.
2. Alle Gardinen und Vorhänge sollten aus leicht waschbarem Material bestehen.

3. Bei Polstermöbeln und -kissen sind Kunststoff-Füllungen und glatte Bezüge zu bevorzugen. Von sehr alten Polstermöbeln sollte man sich trennen.

4. Das Saubermachen hat durch feuchtes Wischen zu erfolgen, wobei durch Lüften für ein rasches Abtrocknen zu sorgen ist. Trockene Tücher, Besen und Bürsten dürfen nicht benutzt werden.

5. Bettenmachen, Teppichklopfen und ähnliche Tätigkeiten, bei denen es zu starker Staubentwicklung kommt, dürfen nicht vom Patienten ausgeführt werden.

6. Das Halten von Haustieren in der Wohnung ist zu vermeiden.

7. Sämtliche Heizungen sind vor Beginn der Heizperiode von Staub zu befreien.

8. E.-Speicherheizungen dürfen nur ohne Gebläse benutzt werden, andernfalls sind sie zu entfernen. Das gleiche gilt für Kohleöfen (Ersatz: Ölradiatoren).

9. ACAROSAN hat keinen besseren Effekt als gründliches Reinigen. Bei Einsatz für die Matratze bewirkt es überhaupt keine Milbenverringerung. Mögliche Nebenwirkungen beim Langzeiteinsatz sind noch nicht ausreichend erforscht. Zur Zeit wird ACAROSAN von uns deswegen nicht empfohlen.

Medikamente

Für die Asthmabehandlung brauchen wir Ärzte nur wenige Medikamente. In kombinierter Form werden sie sowohl für die Akutbehandlung des Asthmaanfalls als auch für die Dauertherapie eingesetzt.

Es gelten zwei Überlegungen für die **Dauertherapie**. Ein Zuwenig an Behandlungsmaßnahmen ist für Ihr Kind weitaus gefährlicher als ein Zuviel. Ein Zuwenig kann bedeuten, daß Dauerschäden an der Lunge entstehen können oder daß das Risiko lebensbedrohlicher oder sogar tödlicher Komplikationen durch einen Asthmaanfall erhöht wird. Zudem ist die augenblickliche Lebensqualität Ihres Kindes durch wiederholte Luftnot entscheidend beeinträchtigt.

Die zweite Überlegung betrifft das Ziel der Asthma-Dauertherapie. Die Dauertherapie soll Ihrem Kind eine vollständige Beschwerdefreiheit in seinen unterschiedlichen Lebenssituationen ermöglichen (Schule, Sport, Schlaf, Geburtstagsfeiern usw.). Dies bedeutet, daß Ihr Kind sich im Alltag genauso aktiv betätigen können soll wie alle anderen Kinder. Auch dieses ist ein wesentlicher Bestandteil der augenblicklichen Lebensqualität.

Im folgenden werden die verschiedenen Medikamente mit ihren wesentlichen Wirkungen und Nebenwirkungen dargestellt.

Maßnahmen zur Schleimlösung (Sekretolyse)

– Schleimlösende Maßnahmen sind bei jeglichem Infekt der Luftwege und bei Husten schon frühzeitig durchzuführen, weil durchaus asthmatische Symptome verhindert werden können.
– Kinder bis zu 10 Jahren sollen 2 Liter, Kinder über 10 Jahre 3 Liter *Flüssigkeit* am Tag zu sich nehmen. Heiße Getränke fördern die Sekretolyse zusätzlich.
– Brustwickel (s. S. 136) ein- bis zweimal täglich.
– Die *Inhalation von Kochsalzlösung* über das Inhaliergerät wirkt ebenfalls schleimlösend und ist völlig nebenwirkungsfrei. Die Infekthäufigkeit wird so zugleich herabgesetzt.
– Auch *bronchialerweiternde Medikamente*, wie z.B. SULTANOL, sorgen für eine verbesserte Schleimlösung und einen rascheren Abtransport.
  Bei dieser Medikamentengruppe steht jedoch der Effekt der raschen Bronchialerweiterung im Mittelpunkt (siehe unter bronchialerweiternde Medikamente).

Antihistaminika

(z.B. TELDANE, ZADITEN, HISMANAL usw.) wirken gegen das Histamin (s. S. 110). Sie schützen vor allergisch ausgelösten Beschwerden, wie auch das DNCG, das weiter unten beschrieben wird. Der Schutz vor dem Belastungsasthma ist wesentlich schlechter als bei dem DNCG, so daß diese Präparate-Gruppe praktisch nicht beim Asthma eingesetzt werden sollte, außer evtl. beim Pollenasthma, wenn das DNCG nicht reicht oder Heuschnupfen auftritt. Ein großer Nachteil dieser Präparate-Gruppe besteht zudem in den Nebenwirkungen (Appetitsteigerung, Müdigkeit, Konzentrationsschwächen, Nebenwirkungen auf Blutbild und Leberwerte).

Vorbeugende Medikamente

Dinatrium-Cromoglycicum = DNCG (z.B. in Intal, DNCG, Diffusyl usw.). Es handelt sich um eine Substanz, die bei einmaliger Gabe nach 30 Minuten ihre Wirkung entfaltet, die Wirkungsdauer beträgt etwa 6–8 Stunden. Die Substanz verhindert das Freisetzen von Vermittlern (Mediatoren, s. S. 110) aus den Mastzellen, dadurch können Asthmabeschwerden verhindert werden.

Dieses Präparat ist nur vorbeugend wirksam, also wirkungslos im Asthmaanfall. Wegen der Wirkungsdauer muß es mindestens dreimal täglich inhaliert werden. Es wirkt gut bei allergischem Asthma, bei Belastungsasthma und ist nebenwirkungsfrei.

——   Bronchialerweiternde Medikamente

– *Betamimetika* (z. B. *Sultanol, Bronchospasmin, Bricanyl* usw.) sorgen in Form von Sprays oder Inhalationstropfen für eine rasche und wirkungsvolle Bronchialerweiterung und Schleimlösung.
Die Dosierung beträgt in der Regel 1 Tropfen pro Lebensjahr, maximal 10 Tropfen. Bei akuten Atembeschwerden kann diese Dosis bereits nach 10 Minuten wiederholt werden (siehe S. 132, Asthmaanfall). Die Inhalationstropfen ermöglichen ein langsames Inhalieren, bei gleichzeitiger inhalativer Schleimlösung (siehe oben). Der Spraygebrauch ist in allen Situationen möglich, auch beispielsweise beim Autofahren, Spazierengehen oder auf dem Sportplatz. Der Nachteil des Sprays liegt darin, daß bislang Treibgase (FCKW) nötig sind, keine Schleimlösung erfolgt und ein sehr starkes Einatmen notwendig ist.
Je jünger Ihr Kind, desto intensiver muß die Sprayhandhabung eingeübt werden (siehe Kinderteil, S. 75).
Nur sehr selten gibt es Gründe für die Gabe von Betamimetika in Form von langwirkenden Tabletten bei schwerem oder vor allem nächtlichen Asthma.
Der Nachteil der Betamimetika bei zu häufiger Einnahme liegt in einem möglichen Nachlassen der Wirkung, so daß dann im Anfall das wichtigste Asthmamedikament unzureichend wirkt. Dadurch kann die ungünstige Situation entstehen, daß bei Ihrem Kind im Anfall das wichtigste Asthmamedikament unzureichend wirkt. Den genauen Einsatz und auch die Zeitabstände müssen Sie deshalb mit Ihrem Arzt besprechen.
Mögliche Nebenwirkungen der Betamimetika bestehen in Muskelzittern sowie beschleunigtem und sehr kräftigem Herzschlag. Diese Nebenwirkungen sind harmlos, können allerdings unangenehm sein. Nach Absetzen des Medikamentes verschwinden diese Nebenwirkungen sofort. Schäden an Muskeln und Herz entstehen nach heutigem Wissen nicht.

– *Atrovent* wirkt ähnlich erweiternd wie die Betamimetika, jedoch sehr viel langsamer und schwächer. Es kann sowohl im Asthmaanfall als auch in der Dauertherapie eingesetzt werden und ist, wie auch die Betamimetika, mit allen anderen inhalativen Präparaten frei mischbar. Die Dosierung beträgt für alle Altersgruppen 10 bis 20 Tropfen als Einzelgabe. Von diesem Medikament gibt es außer gelegentlicher Mundtrockenheit keinerlei Nebenwirkungen.

– Es gibt nur wenige fertige *Kombinationspräparate*, die für die Asthmatherapie sinnvoll sind: zum einen gibt es eine Kombination von Betamimetika mit DNCG (z.B. AARANE, ALLERGOSPASMIN, DITEC usw.). Dieses Kombinationspräparat ist sinnvoll bei der Anwendung vor sportlicher Aktivität Ihres Kindes oder selten auch einmal in der Dauertherapie.
Andere Mischungen bringen keine Verbesserung der Therapie, oft sogar eine Verschlechterung und/oder unnötige Nebenwirkungen. Somit sind alle anderen Kombinationspräparate in der Asthmatherapie entbehrlich.

– *Theophyllinpräparate* sind bronchienerweiternde Medikamente, die in der Akuttherapie mit sofortiger Wirkung als Tropfen (z.B. SOLOSIN-Tropfen) oder als intravenöse Gabe gegeben werden. Daneben gibt es auch langsam wirkende Präparate (z.B. EUPHYLLIN RETARD, PULMIDUR, PHYLLOTEMP RETARD, BRONCHORETARD usw.), die der Dauertherapie vorbehalten sind und in Tabletten- bzw. Kapselform eingenommen werden.

Die Zäpfchengabe ist unangenehm und bringt keine Vorteile; der Übertritt des Medikamentes in die Blutbahn ist zu ungenau.
Die Dosis für die Akuttherapie (also die Tropfenform) ist im Asthma-Anfallsplan Ihres Kindes fest vorgegeben und darf nicht überschritten werden, da es sonst zu unkontrollierbaren Nebenwirkungen kommen kann.
Die gleiche Vorsicht gilt auch für die Dauertherapie. Die Theophyllinpräparate werden in der Dauertherapie regelmäßig geschluckt, in der Regel morgens und abends. Einmal im Vierteljahr muß eine Blutspiegelkontrolle erfolgen, 3–4 Stunden nach der morgendlichen Einnahme, damit sicher gestellt ist, daß das Medikament im Wirkbereich ist. Auf der anderen Seite wird damit gewährleistet, daß es nicht durch Überdosierung zu einer unnötigen Schädigung durch das Medikament kommt.
Mögliche Nebenwirkungen, die zum Teil sehr unangenehm sind und sogar zu einem Absetzen des Medikamentes führen können,

sind Zittern, Kopfschmerzen, Magenschmerzen, erhöhter Puls, Schlafstörungen, Erbrechen. Die Nebenwirkungen am Magen lassen sich durch Einnahme zu den Mahlzeiten meist verhindern und verschwinden nach Absetzen des Medikamentes.

Cortison

– Cortison ist ein lebensnotwendiges Hormon, das jeder Mensch in seiner Nebenniere produziert. Ohne Cortison kann der Mensch nicht überleben! Cortison ist also kein grundsätzlich schädliches Hormon.
Cortison wird entweder für den akuten Asthmaanfall eingesetzt oder aber in der Dauertherapie. Solange Cortison nicht länger als eine Woche gegeben wird, kommt es als Nebenwirkung nur zu einer leichten Unterdrückung der körpereigenen Regulation, die sich nach Absetzen wieder normalisiert. In Asthmaanfallssituationen ist das Cortison neben den bronchienerweiternden Mitteln (Betamimetika) das für Ihr Kind wichtigste und eventuell sogar lebensrettende Medikament.
Wenn Cortison in der Dauertherapie eingesetzt wird, kann es zu Nebenwirkungen (siehe weiter unten) kommen. Der Beginn dieser Nebenwirkungen und auch das Ausmaß hängen davon ab, ob eine bestimmte Menge an Cortison täglich überschritten wird. Diese Grenze wird als Schwellendosis bezeichnet. Ein Überschreiten dieser Schwellendosis ist in der Asthma-Dauertherapie nur sehr selten notwendig.
Der Körper hat einen eigenen Tag-Nacht-Rhythmus für das Cortison. Es ist sinnvoll, die Tabletten-Gabe in der Dauerbehandlung dieses körpereigenen Rhythmus anzupassen:
Der optimale Zeitpunkt der Tabletteneinnahme liegt morgens zwischen 6.00 Uhr und 8.00 Uhr.
Wenn eine Cortison-Tabletten-Therapie als Dauerbehandlung notwendig ist, so wird dieses mit Ihnen ausführlich besprochen und das Verhältnis von Nutzen und Risiko gemeinsam sorgfältig überlegt. Auch die Überwachung der Dauertherapie sollte in enger Abstimmung zwischen Ihnen und Ihrem Arzt im Rahmen regelmäßiger Kontakte erfolgen.
Zusammenfassend ist es für Sie wichtig zu wissen, daß das Cortison ein körpereigenes Hormon ist und die gefürchteten Nebenwirkungen erst ab einer bestimmten Schwellendosis und einer bestimmten Zeitdauer eintreten können. Diese möglichen Nebenwirkungen

können Gewichtszunahme, Wachstumsstörungen, Knochenent-
kalkungen, Störungen der körpereigenen Regulation, Nebenwirkungen im Augenbereich betreffen.

Cortison gibt es in *3 verschiedenen Formen* für die Asthmabehandlung:

— *Cortison zum Spritzen* ist nur notwendig für den akuten Anfall, als
Gabe in die Vene. Es gibt keinen medizinischen Grund, Cortison-
Präparate in den Muskel zu spritzen; der Muskel kann dadurch auf
Dauer geschädigt werden.

— *Cortison in Tablettenform* (z. B. PREDNISON, ULTRACORTEN,
URBASON usw.) wirkt erst nach 30–120 Minuten schleimhautab-
schwellend und entzündungshemmend. Es verbessert zudem die
Wirkung der bronchienerweiternden Medikamente, insbesondere
der Betamimetika.

— *Cortison-Sprays* (z. B. SANASTHMYL, SANASTHMAX, PULMI-
CORT, INHACORT usw.) enthalten ein chemisch verändertes Cor-
tisonmolekül, so daß zum einen die entzündungshemmende Wirkung in der Bronchialschleimhaut erhalten bleibt, die Nebenwirkungen auf den Körper aber praktisch fortfallen. Nur ein extrem
kleiner Teil des inhalierten Präparates gelangt in die Blutbahn und
wird sofort in der Leber abgebaut; diese kleine Menge und dieser
kurze Zeitraum ermöglichen, daß es nicht zu den oben erwähnten
Nebenwirkungen kommt.
Mitunter tritt eine Heiserkeit bei regelmäßiger Sprayinhalation
auf, die nach Absetzen des Medikamentes wieder vollständig verschwindet. Sehr selten kann es zu einer Pilzbesiedlung der Mundhöhle kommen: Wenn Ihr Kind regelmäßig die Mundhöhle nach
dem Spraygebrauch ausspült, kann diese Pilzbesiedlung verhindert werden.
Eine Erhöhung der Cortisonspray-Wirkung und gleichzeitige Verringerung der Nebenwirkung wird durch den Einsatz der Inhalationshilfe (Nebulator, Volumatik usw.) erreicht. Deshalb sollte nur
mit derartigen Inhalationshilfen der Cortisonspray benutzt werden.
Cortison in Sprayform hat keine akute Wirkung auf die Bronchialschleimhaut. Erst nach 5–7 Tagen Dauertherapie setzt die Wirkung ein. Die Hauptwirkung besteht in einer drastischen Senkung
der Übererregbarkeit der Bronchialschleimhaut. Für einen akuten
Asthmaanfall ist der Spray in der Therapie ungeeignet. Er hat
seinen ausschließlichen Stellenwert in der Dauerbehandlung.

═══ Therapiehilfsgeräte
(siehe Kinderteil ab Seite 70)

═══ Dauertherapie-Stufenplan

Die zur Dauertherapie notwendigen Medikamente werden stufenweise eingesetzt. Je nach der von Ihnen mitgeteilten Vorgeschichte, nach dem Schweregrad, nach Lungenfunktionsveränderungen und Eindruck durch den Arzt wird gemeinsam mit Ihnen der Umfang der Dauertherapie festgelegt. Die jeweils gewählte Therapiestufe sollte innerhalb von 4–6 Wochen eine eindeutige Besserungstendenz beim Asthma Ihres Kindes herbeiführen.

Wie bereits aufgeführt (s. ab S. 70), ist ein wichtiges Therapieziel für Ihr Kind die völlige Beschwerdefreiheit. Zur Stabilisierung der übererregbaren Bronchien sind lange Zeiträume der Dauertherapie notwendig. Die Verminderung der Entzündung im Bronchialschleimhautbereich erfolgt leider nur sehr langsam. Je länger eine solche Beschwerdefreiheit besteht, desto besser gelingt dann das stufenweise Wiederabsetzen der Medikamente.

Eventuell notwendige Erweiterungen der Dauertherapie innerhalb dieses Stufenplanes erfolgen alle 4–6 Wochen nach entsprechendem Besuch bei Ihrem Arzt. Sobald Ihr Kind völlig beschwerdefrei ist, sollte für 6 Monate zunächst keine Änderung der Dauertherapie stattfinden. Eine Verringerung des Therapieumfanges, d.h. also ein Herausnehmen einzelner Medikamente oder Verringerung der Dosis erfolgt in Zeitabständen von etwa 6 Monaten und richtet sich nach der gleichbleibenden Beschwerdefreiheit Ihres Kindes.

Viele maßgebende europäische Kinderärzte, die sich speziell mit kindlichem und jugendlichem Asthma beschäftigen, haben diesen Stufenplan aufgrund ihrer Erfahrungen entwickelt.

Es sei zum Schluß dieses Abschnittes noch einmal ausdrücklich betont, daß neben den medikamentösen Maßnahmen der Dauertherapie selbstverständlich alle nichtmedikamentösen Maßnahmen einen gleich bedeutsamen Stellenwert für die Behandlung Ihres Kindes haben. Auf der nächsten Seite finden Sie den medikamentösen Stufenplan vor.

Stufenplan

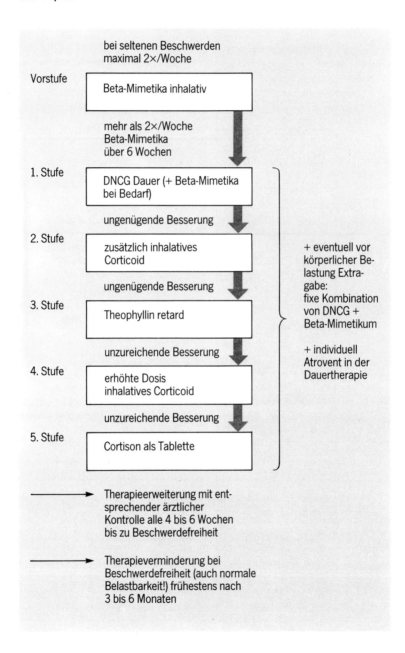

bei seltenen Beschwerden
maximal 2×/Woche

Vorstufe

Beta-Mimetika inhalativ

mehr als 2×/Woche
Beta-Mimetika
über 6 Wochen

1. Stufe

DNCG Dauer (+ Beta-Mimetika
bei Bedarf)

ungenügende Besserung

2. Stufe

zusätzlich inhalatives
Corticoid

+ eventuell vor
körperlicher Be-
lastung Extra-
gabe:
fixe Kombination
von DNCG +
Beta-Mimetikum

ungenügende Besserung

3. Stufe

Theophyllin retard

unzureichende Besserung

+ individuell
Atrovent in der
Dauertherapie

4. Stufe

erhöhte Dosis
inhalatives Corticoid

unzureichende Besserung

5. Stufe

Cortison als Tablette

Therapieerweiterung mit ent-
sprechender ärztlicher
Kontrolle alle 4 bis 6 Wochen
bis zu Beschwerdefreiheit

Therapieverminderung bei
Beschwerdefreiheit (auch normale
Belastbarkeit!) frühestens nach
3 bis 6 Monaten

Notfallplan

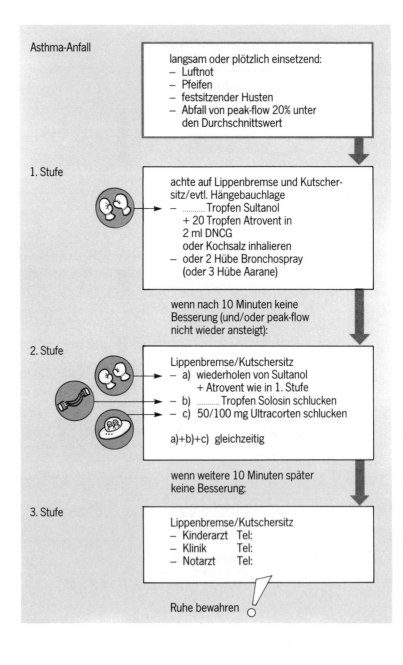

Asthma-Anfall

langsam oder plötzlich einsetzend:
– Luftnot
– Pfeifen
– festsitzender Husten
– Abfall von peak-flow 20% unter
  den Durchschnittswert

1. Stufe

achte auf Lippenbremse und Kutscher-
sitz/evtl. Hängebauchlage
– .... Tropfen Sultanol
  + 20 Tropfen Atrovent in
  2 ml DNCG
  oder Kochsalz inhalieren
– oder 2 Hübe Bronchospray
  (oder 3 Hübe Aarane)

wenn nach 10 Minuten keine
Besserung (und/oder peak-flow
nicht wieder ansteigt):

2. Stufe

Lippenbremse/Kutschersitz
– a) wiederholen von Sultanol
      + Atrovent wie in 1. Stufe
– b) .... Tropfen Solosin schlucken
– c) 50/100 mg Ultracorten schlucken

a)+b)+c) gleichzeitig

wenn weitere 10 Minuten später
keine Besserung:

3. Stufe

Lippenbremse/Kutschersitz
– Kinderarzt   Tel:
– Klinik   Tel:
– Notarzt   Tel:

Ruhe bewahren

=== Hyposensibilisierung

Wenn die Vorgeschichte und die ärztlichen Untersuchungen bei Ihrem Kind darauf hindeuten, daß der Asthmaerkrankung eine Allergie mit zugrunde liegt, so kann eine **Hyposensibilisierungsbehandlung** erwogen werden. Die Behandlung führt meistens dazu, daß aus der zu starken Reaktion (Allergie) wieder eine normale Reaktion wird. Es ist also möglich, die überstarke, allergische Reaktion auf ein Allergen zu senken und damit letztendlich auch den Medikamentenverbrauch Ihres Kindes einzuschränken. Eine Hyposensibilisierung kann sich nur für den allergisch ausgelösten Anteil des Asthma günstig auswirken, jedoch nicht für die anderen Auslöser.

Vor Einleitung einer solchen Behandlung müssen 5 Punkte erfüllt sein:

1. Es muß aufgrund Ihrer elterlichen Beobachtung wahrscheinlich sein, daß das Kind auf ein bestimmtes Allergen überhaupt reagiert.
2. Die Beschwerden Ihres Kindes müssen so häufig sein, daß der Einsatz dieser Spritzbehandlung sinnvoll und vertretbar erscheint.
3. Eine Hyposensibilisierung ist nur notwendig, wenn durch einfache Maßnahmen (Sanierung und/oder regelmäßiges Inhalieren nebenwirkungsarmer Medikamente) die Beschwerden nicht völlig verschwinden.
4. Durch die sogenannte Provokationstestung (siehe Seite 118) muß der Nachweis erbracht werden, daß die Schleimhaut Ihres Kindes wirklich auch auf diese Testsubstanz reagiert.
5. Ihr Kind und Sie als Eltern müssen nach ausführlicher Aufklärung und Information über diese Form der Behandlung ausdrücklich mit einer Hyposensibilisierung einverstanden sein. Dieser letzte Punkt ist von allen Punkten der für Sie wichtigste.

Bei der Hyposensibilisierungsbehandlung spritzt der Arzt die Allergene mit einer feinen Nadel unter die Haut des Oberarmes ca. 3–5 cm oberhalb des Ellenbogens. Das Kind spürt die Injektion kaum und gewöhnt sich sehr schnell daran. Die Mengen werden vorsichtig gesteigert. Die Behandlungsdauer beträgt mindestens 3 Jahre. Zunächst werden Injektionen in wöchentlichen Abständen gegeben. Allmählich verlängern sich diese Zeitabstände auf 4 Wochen. Pollen und Milben dürfen nicht in ein Fläschchen zusammen eingearbeitet werden. Innerhalb eines Fläschchens dürfen nicht mehr als vier verschiedene Allergene enthalten sein.

Da bei der Behandlung allergische Reaktionen auftreten können, müssen Sie mit Ihrem Kind eine 1/2 Stunde nach der Injektion in der Arztpraxis verweilen.

=== Merkblatt zur
Durchführung der Hyposensibilisierung im Kindesalter
(für Eltern und Ärzte)*

___ *Dosierung des Präparates:*

Die Hyposensibilisierung wird mit einer Allergenmischung durchgeführt, – die Zusammensetzung ist nach Haut- und Provokationstestung zusammengestellt. Den Behandlungssätzen liegen Dosierungsvorschläge bei, die durchschnittliche Dosierungsvorschläge sind. Die Dosierung muß unbedingt **angepaßt** werden, wenn zu große Zeitabstände zwischen den einzelnen Injektionen aufgetreten sind oder örtliche, bzw. allgemeine Nebenwirkungen sofort oder auch später nach einer Hyposensibilisierungsspritze aufgetreten sind:

Bitte berichten Sie immer dem Arzt, der die Hyposensibilisierung durchführt (auch wenn Sie nicht danach gefragt werden), wie die letzte Spritze vertragen wurde und ob irgendwelche anderen Beschwerden, Infekte oder ähnliches vorliegen, so daß eine Dosierungsänderung erfolgen kann.

___ *Durchführung der Injektionen:*

Die Injektionen erfolgen subkutan (unter die Haut) am Oberarm, ca. 5 cm oberhalb des Ellenbogens außen. Nach der Spritze muß eine Überwachung 30 Minuten in der Praxis erfolgen.

Die Injektionsstelle muß anschließend durch Ihren Arzt beurteilt werden, damit mögliche leichte Nebenwirkungen früh registriert werden können.

Am Tag der Injektion sollten Sport und Sauna unterbleiben.

Schwere Zwischenfälle wurden von uns in den letzten Jahren extrem selten beobachtet. Stärkere Reaktionen am Injektionsort traten in wenigen Fällen auf. Sollte dennoch ein Injektionszwischenfall auftreten, dann weisen wir auf die Maßnahmen hin, die auf dem der Packung beiliegenden Informationsblatt aufgeführt sind.

---

* Auch zum Kopieren gedacht

In der Ärztlichen Praxis muß immer eine sogenannte Schockapotheke vorhanden sein.

Die Hyposensibilisierungsbehandlung kann beim Haus- bzw. Kinderarzt durchgeführt werden. Sollte Ihr Arzt dies nicht wünschen oder wollen, kann die Hyposensibilisierung auch in einer Asthma- oder Allergie-Ambulanz durchgeführt werden.

Der Arzt selbst soll die Injektionen durchführen.

—— *Begleiterscheinungen, die dem Arzt sofort gemeldet werden müssen:*

Niesreiz, rinnende Nase, Augenbrennen, Augenjucken, Husten, Atembeschwerden oder Atemnot, allgemeines Unwohlsein, Schwindel, Schwächegefühl, Juckreiz und/oder Quaddeln an entfernten Hautstellen (z. B. Handteller, Fußsohlen), Brennen oder Jucken auf der Zunge, im Mund oder Rachenbereich. Wird während der Phase der Dosissteigerung eine Konzentrationsstufe nicht gut vertragen (starke lokale Nebenwirkungen, leichte Allgemeinreaktionen), dann ist zu empfehlen, bei der nächsten Injektion die gleiche Dosis oder sogar eine verringerte Dosis zu geben.

—— *Dauer der Hyposensibilisierung:*

Um eine regelmäßige Therapie zu gewährleisten, ist die rechtzeitige Bestellung der Fortsetzungslösung (Stärke 3) erforderlich. Das Bestellformular liegt in aller Regel der Packung bei.

—— *Alter:*

Eine Hyposensibilisierung sollte nicht bei Kindern unter 3 Jahren erfolgen.

—— *Extrakte:*

Bei Pollenextrakten kann entweder vor der Pollenflugzeit oder auch ganzjährig gespritzt werden. Wir führen die Pollenspritzbehandlung ganzjährig durch. Für die ganzjährige Behandlung gilt, daß während des Pollenfluges die Dosis auf 10 bis 30 Prozent der zuletzt gespritzten Menge verringert werden muß. Diese verringerte Dosis wird alle 4 Wochen gespritzt. Nach Ende der Pollenflugzeit kann dann wieder auf die alte Höchstdosis gesteigert werden.

═══ **Der Brustwickel. Eine Anleitung zur Verbesserung der Schleimlösung, z. B. bei Infekten der Luftwege**

Brustwickel dienen der Schleimlösung. Sie unterstützen somit das Inhalieren. Geeignet sind sie bei Infekten, abklingenden Lungenentzündungen oder **nach** der Akutbehandlung eines Asthmaanfalls.

Für die akute Behandlung des Asthmaanfalls sind sie ungeeignet oder sogar gefährlich.

Material:

2 Duschhandtücher
1 Topf mit Wasser (ca. 2–3 Liter)

Vorbereitung:

1. Die Längsseiten des ersten Duschhandtuches so zur Mitte legen, daß das Tuch dann die Breite hat, wie der Abstand von der Achselhöhle bis zum unteren Rippenbogen (etwas oberhalb der Nabelhöhe) beträgt. Dann das gefaltete Tuch zu einem Trichter aufrollen, wobei der untere Teil (Trichterspitze) stramm aufgerollt werden muß.
2. Das zweite Duschhandtuch wie das erste falten und dann von beiden Enden her zur Mitte aufrollen.
3. Topf mit Wasser zum Kochen bringen.

Durchführung:

1. Oberkörper Ihres Kindes frei machen.
2. Das kochende Wasser in das zu einem Trichter geformte erste Handtuch gießen.
3. Das erste Handtuch danach auseinanderrollen, gut durchkneten, so daß überall Feuchtigkeit hingelangt.
4. Zur Überprüfung der Wärme Unterarm auf heißen Wickel legen.
5. Das Tuch wieder aufrollen und zwar die Enden zur Mitte wie das zweite Tuch; anschließend um den Brustkorb des Kindes von vorn her ausrollen. Die beiden Enden des Brustwickels stoßen dann am Rücken gegeneinander.
6. Ihr Kind nach Wärmeempfinden fragen; wenn zu **heiß**, sofort entfernen, da Verbrennungsgefahr.
7. Das zweite trockene Handtuch wird über das feuchte, heiße Handtuch stramm ausgerollt, und zwar von hinten nach vorne, so daß die Enden am Brustkorb zusammenstoßen.
8. Kind gut zudecken und liegen lassen.

Dauer:

Ca. 10 bis 15 Minuten (solange wie der Wickel warm ist). Dabei sollten Sie Ihr Kind nicht alleine lassen!

Ende:

Nach Beendigung des Wickels Brustkorb Ihres Kindes gut abfrottieren sowie Ihr Kind warm anziehen.

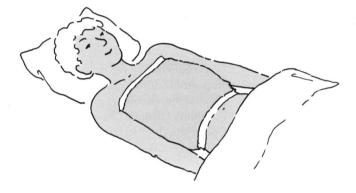

Informationen für Lehrer/Schule/ Kindergarten/Vereine

≡ Praktische Hinweise und Tips:*

Der Ausschluß vom Unterricht oder eine absolute Schonhaltung sind sicher der falsche Weg. Sprechen Sie mit den **Eltern** des Schülers.

Sie können dort überdies erfahren, wie Sie sich am besten verhalten, wenn das Kind einen leichten oder stärkeren Asthmaanfall hat.

Die Eltern werden Ihnen auch sagen, wer der behandelnde Hausarzt ist (**Rufnummer** notieren) und welche Maßnahmen im Notfall zu treffen sind.

Am wichtigsten ist jedoch, daß Sie als Lehrer **Vertrauen** zu dem betroffenen Kind haben. Denn letztendlich muß der Schüler selbst entscheiden, ob er bei Atemnot bzw. einem Anfall im Unterricht bleiben kann oder nicht. Asthmakinder können oft zwischen den verschiedenen Schweregraden der **Asthmaanfälle** unterscheiden. Oftmals handelt es sich um leichtere **Atemnotzustände**, die das Kind durch bestimmte **Atemübungen** und unter der Benutzung seines **Dosier-Aerosols** relativ schnell wieder beheben kann. In der Regel entspannen sich danach die Atemwege, das Kind kann normal atmen und wieder am Unterricht teilnehmen. Wenn Sie merken, daß der Schüler Schwierigkeiten beim Atmen bekommt, sollten Sie ihn dennoch fragen, ob er im Unterricht bleiben oder lieber nach Hause gehen möchte. Bei einem stärkeren Asthmaanfall darf er **auf keinen Fall alleine nach Hause gehen.** Bitte benachrichtigen Sie sofort die Eltern, damit das Kind abgeholt werden kann. Sollten die Eltern einmal gerade nicht zu Hause sein, muß der behandelnde Arzt verständigt werden. **Notfalls müssen Sie für einen korrekten Transport mit dem Krankenwagen sorgen.**

Asthmaschüler sind durch ihre Krankheit in vieler Hinsicht **benachteiligt.** Durch nächtliche, schlafraubende Asthmaanfälle und die notwendige Dauermedikation sind sie während des Unterrichtes häufig unkonzentriert und zappelig. Haben Sie Verständnis dafür, daß sie sich aus diesen Gründen manchmal anders verhalten als ihre Mitschüler.

---

* Zum Kopieren und Verteilen

Auch während der **Schulstunde** sollten Sie dem Kind Gelegenheit geben, seine Atemübungen als einen Bestandteil seiner Therapie zu machen. Schenken Sie ihm dabei keine besondere Beachtung. Wenn Sie kein Aufsehen darum machen, werden sich auch die anderen Schüler daran gewöhnen. Da Asthmakinder meist gut über ihre Krankheit informiert sind, sollten sie die Fragen der Mitschüler auch selbst beantworten. Somit wird der soziale Kontakt untereinander gefördert, ohne daß der Lehrer eine Vermittlerposition einnehmen muß, die den Asthmaschüler ungewollt in eine unangenehme Sonderstellung drängen könnte. Der Asthmaschüler sollte **nicht mit staubigen Büchern, Mappen oder Plänen arbeiten** – wenn nicht anders möglich, einfach die Materialien einmal feucht abwischen. Im **Chemieunterricht** können einige der benutzten Chemikalien beim Asthmatiker unspezifische Reaktionen auslösen. Die Entscheidung, an welchen Versuchen mit Chemikalien er teilnehmen kann, ist individuell zu treffen. Eventuell können Werkstoffe/Klebstoffe im Rahmen des **Werkunterrichtes** ähnliche Probleme wie in dem Chemieunterricht zur Folge haben. Auch hier sollten Sie mit dem Schüler und der Familie entsprechend Rücksprache nehmen.

Für Schüler, die allergisch auf Tierhaare und Milben reagieren, ist es wichtig, beim **Biologieunterricht,** Abstand von ausgestopften oder lebenden Tieren zu halten. Auch wenn der Tischnachbar ein Haustier besitzt, kann Vorsicht geboten sein. Aufgrund von Tierhaaren an der Kleidung ist bei einem allergischen Asthmatiker jederzeit eine asthmatische Reaktion möglich. Sorgen Sie bitte in diesem Fall dafür, daß der betroffene Schüler einen anderen Platz erhält.

Für Milbenallergiker sind **Teppichböden** in den Klassenzimmern völlig ungeeignet.

≡ Sport in Schule und Freizeit*

Asthma und Sport

»Asthmakranke Kinder und Jugendliche sollen Sport treiben!« –
das scheint auf den ersten Blick keine besonders gute Idee zu sein. Schließlich ist doch ein Drittel der Asthmakinder vom Schulsport gänzlich befreit.
Und für die Hälfte spielt Sport leider auch in der Freizeit praktisch keine
Rolle.

Doch Asthma und Sport sind keine Gegensätze!

Viele Untersuchungen haben gezeigt, daß für Asthmatiker die Teilnahme an sportlichen Aktivitäten eine **eindeutige Verbesserung der
Lungenfunktion** bewirkt.
So ist nachgewiesen, daß durch Sport die allgemeine Kontaktfreudigkeit
steigt, die Zahl der Asthmaanfälle abnimmt und die Möglichkeit besteht, die
tägliche Medikation zu reduzieren. Auch Sauna und Wechselduschen wirken stabilisierend und härten den Körper ab.

---

* Zum Kopieren und Verteilen

Für asthmakranke Kinder und Jugendliche hat Sport eine herausragende Bedeutung, da sie in diesem Bereich die größte Einschränkung erfahren und doch gerade bei Spiel und Sport dabei sein, toben und herumtollen möchten, wie ihre Freunde. Wenn Ihr Kind Sport vermeidet oder der Sport ihm sogar untersagt wird, so kann es bestimmte Bewegungsabläufe nicht lernen. Das Zusammenspiel der Muskeln Ihres Kindes wird nicht richtig erlernt, außerdem entsteht ein erheblicher Trainingsmangel. Dadurch werden »Ungeschicklichkeit« und Enttäuschung bei körperlicher Aktivität begünstigt. Zudem erhält das Kind dann oft noch eine schlechte Sportnote. Dies alles führt dazu, daß ein asthmabetroffenes Kind von seinen Alterskameraden zunehmend isoliert wird, evtl. sogar Hänseleien ausgesetzt ist.

Die »Alles-oder-Nichts« Vorstellung, entweder der Asthma-Schüler ist entschuldigt und vom Sportunterricht befreit oder er muß alles mitmachen, ist unangemessen. Diese Haltung fördert einen Mißerfolg.
Eine vernünftige Zusammenarbeit zwischen Lehrern, Eltern, Mitschülern und Asthmakindern kann bei der Beachtung einiger **wichtiger Verhaltensregeln** recht unproblematisch sein:

1. Der Asthmaschüler muß konsequent seine **Dauertherapie** mit den verordneten Medikamenten durchführen.
2. Die regelmäßige **Selbstbeurteilung** bzw. Benutzung des **peakflow-Meters** vor dem Sportunterricht hilft den momentanen Lungenzustand zu beurteilen. Eine wirksame Anfallsvorbeugung ist durch die Benutzung von einem **Dosier-Spray** gegeben.
3. Das **Ausmaß der Belastbarkeit** des einzelnen Asthmatikers sollte den Eltern bekannt sein und von den Sportleitern erfragt werden. Die Belastbarkeit kann anhand eines **Lauftestes** in einer entsprechend eingerichteten Arztpraxis oder einer Asthmaambulanz durchgeführt werden.
4. Ein »Kaltstart« sollte vermieden werden. Daher sind mindestens 10 Minuten als **Aufwärmphase** einzuhalten, damit der Körper auf »Touren« kommt. Die Belastung sollte anschließend nicht zu schnell, mit jeweils individuellen Pausen gesteigert werden.
5. Während des Sports sollte das asthmabetroffene Kind bei Luftnotsituationen **Ruhepausen** einlegen dürfen, in denen es **Atemübungen** (und **Lippenbremse)** macht oder eine **Dosier-Aerosol** anwendet. Der Lehrer und Übungsleiter sollte dem Kind dafür ausreichend Zeit lassen, da es selbst am besten beurteilen kann, ob und zu welchem Zeitpunkt es weitermachen kann.
6. Es gibt trotz aller Vorsichtsmaßnahmen Zeiten, in denen der Asthmatiker **keinen Sport** treiben sollte. Dies ist der Fall bei bestehender Atemnot und akuten Infekten, zwei bis drei Tage nach einem

Asthmaanfall sowie 24 Stunden nach einer Hyposensibilisierungsbehandlung.

7. Pollenallergiker sollten während der Pollenflugzeit oder bei anderen erhöhten Schadstoffbelastungen der Außenluft nicht auf dem Sportplatz Sport treiben, sondern in der geschlossenen **Halle** bleiben.

8. Bitte sprechen Sie **immer** zu Beginn eines Schuljahres mit dem Sportlehrer. Eventuell kann eine ärztliche Befreiung von der Sportzensur notwendig sein (Attest!). Vom Sport selbst darf **kein Kind** befreit werden, da dadurch das Asthma und seine Auswirkungen evtl. schlechter werden können.

9. Eventuell kann eine ein- bis zweijährige Teilnahme an einer **Asthmasportgruppe** Grundlage für weitere Sportgruppen sein.

10. Als **besonders geeignete Sportarten** haben sich erwiesen: Schwimmen, Kanu- und Kajakfahren, Rudern, Geländelauf mit Pausen (Orientierungslauf), Radfahren, Ballspiele, Tischtennis, Badminton, Eislaufen, Radeln, Alpenski. Als **eher ungeeignet** erwiesen haben sich: Kraftsport, Ringen, Boxen, (Ski-)Langlauf nur nach ärztlicher Empfehlung.

≡ **Kuren**

Sie sind sicherlich schon oft auf Kuren und ihre Wirkung angesprochen worden. Was ist zu Kuren und deren Nutzen aus unserer Sicht zu sagen?:

A) Bei jedem Menschen bewirkt ein akuter Klimawechsel eine Umstimmung der körpereigenen Hormonregulation. Dieser Effekt hält nur für 6–7 Wochen an. Dieser Effekt ist unabhängig davon, ob gleichzeitig Kurmaßnahmen erfolgen oder nicht. Der Klimawechsel bewirkt eine Verbesserung der Körpertemperaturregulation, eine verstärkte körpereigene Cortisonbildung und eine psychische Stabilisierung. Diese Klimaeffekte können Sie und Ihre Familie zu jeder beliebigen Zeit unabhängig von Kurmaßnahmen nutzen.

B) Bisher gibt es keine Untersuchungen über Langzeitwirkungen nach einer Kur. Es ist nicht bekannt, ob außer einer verbesserten Infektvorbeugung andere Langzeiterfolge durch eine Klimakur möglich sind.

C) Für viele Klimazonen besteht eine verringerte Allergenkonzentration, so daß bei hochgradigen Allergien (z. B. extreme Pollenallergie) der Aufenthalt in einem allergenarmen Klimabereich eine sehr sinnvolle Ergänzung der übrigen Asthmatherapie bedeuten kann.

D) Besondere Inhalte einer Kur (intensive Patientenschulung, regelmäßige Krankengymnastik, Sport usw.) sollten nicht nur Bestandteil einer Kur sein, sondern auch zu Hause Ihnen und Ihrem Kind zur Verfügung stehen. Eine sinnvolle Asthmatherapie hat als Basis eine wohnortnahe Gesundheitserziehung, Asthmabetreuung und -begleitung.

E) Nachteilig für viele Kinder ist die oft erzwungene Abwesenheit der Eltern. Nachteilig ist auch, daß eine Schulrehabilitation in aller Regel nicht in den Kurkonzepten enthalten ist.

F) Manche Ärzte, Verwandte, Bekannte meinen, daß eine Kur besonders dann sinnvoll sei, wenn psychische Auslöser behandelt werden sollen. Hierzu ist zu sagen, daß psychische Auslöser weder in einer Kur noch »Sonstwo« »behandelt« werden können. Sollen die psychischen Folge- und Begleitumstände der chronischen Erkrankung mit einbezogen werden, so ist dies in kontinuierlicher Art und Weise nur wohnortnah möglich und kein Grund für eine Kur. Da, wie schon dargestellt (s. Seite 112), vom Asthma eines Kindes die Familie als Ganzes betroffen ist, macht es keinen Sinn, die Familie durch eine Therapiemaßnahme zu trennen, d. h. Eltern und Geschwister hinsichtlich der Asthmabetreuung weitestgehend außen vor zu lassen.

Auch die Effekte eines Klimawechsels sind ohne Kuraufenthalt nutzbar. Ganzjährig kann eine Infektvorbeugung auch ohne Kur betrieben werden (s. S. 120).

Asthmainternat

Nur für bestimmte Situationen kann der Daueraufenthalt in einem für das Asthma besser geeignetem Klima notwendig sein. Eine beispielhafte Situation ist das gleichzeitige Vorhandensein von Schulproblemen und schwerem Asthma, das anders nicht bewältigt werden kann. Nach sorgfältiger gemeinsamer Überlegung kann dann ein Asthmainternat eine sinnvolle Therapieergänzung sein. Diese komplexe Situation ist sicherlich nicht durch eine Kur alleine zu bewältigen.

Wir möchten davor warnen, Kuren als notwendigen oder alleinigen Therapiebaustein zu empfehlen, ohne eine sinnvolle medikamentöse Dauertherapie und ohne eine wohnortnahe kompetente Langzeitbetreuung.

≡ »Alternative« Therapiemaßnahmen

Es ist verständlich und nachvollziehbar, daß Sie als Eltern für Ihr asthmakrankes Kind alles unternehmen und nichts unversucht lassen wollen, um das Asthma zu einer Besserung oder sogar zum Ausheilen zu bringen. Dieser Wunsch ist nicht vollständig erfüllbar, da aus unserer ärztlichen Sicht eine echte Ausheilung nicht versprochen werden kann. Auch wenn Ihr Kind keine Beschwerden hat, so ist durch die angeborene Veranlagung die Übererregbarkeit des Bronchialsystems lebenslang vorhanden und nachweisbar.

Für viele Eltern ist es in diesem Zusammenhang unbedingt notwendig bzw. wünschenswert, auch sogenannte »alternative« Therapiemethoden mit einzusetzen. Dieses ist sehr häufig ohne Risiken für die ärztlicherseits empfohlene Asthma-Dauertherapie möglich, wenn Sie darüber vorher, mit Ihrem Kinderarzt und/oder dem Asthmazentrum sprechen. Meist lassen sich »alternative« Therapieformen mit der »schulmedizinischen« Therapie problemlos kombinieren. Ein Unterbrechen oder Absetzen einer angemessenen »schulmedizinischen« Therapie (wie bei vielen »alternativen« Therapien gewünscht oder sogar unabdingbar gefordert) ist aus unserer Sicht nicht notwendig. Die Risiken eines Absetzens der »schulmedizinischen« Therapie sollten Ihnen vor Beginn einer »alternativen« Behandlung bekannt sein, nur so können Sie selbst das Für und Wider einer empfohlenen Maßnahme abwägen. Bitte suchen Sie das Gespräch mit Ihrem Kinderarzt oder mit Ärzten, die sich auf die Behandlung des Asthma bronchiale spezialisiert haben.

Der allgemeine Sprachgebrauch kennt die Begriffe »Schulmedizin« und »alternative« Medizin. Diese Begriffe unterstellen, daß es nur ein ent- oder-weder gibt und das alles, was unter dem Begriff »alternative« Medizin durchgeführt wird, auch wirklich sinnvoll ist. Das gleiche gilt natürlich auch umgekehrt für die »Schulmedizin«. Auch hier wird in manchen Diskussionen für Sie als Eltern der Eindruck erweckt, daß nur die »Schulmedizin« immer das richtige weiß oder macht.

»Alternative« Therapiemethoden sind meist Maßnahmen, die die unterschiedlichsten Hintergründe und Denkansätze hinter sich vereinen. Dabei handelt es sich nicht um eine einheitliche Form der Therapie. Gerade dieser Aspekt macht es für Sie so schwierig, diese Verfahren in ihrer Wertigkeit zu beurteilen.

Viele der »alternativen« Therapiemethoden stammen aus Zeiten, in denen wichtige Zusammenhänge über Krankheiten, Medikamente und Beeinflussung der Kankheiten unbekannt waren. Es ist naheliegend, daß mit Vorstellungen über Krankheiten und Medikamente, wie sie vor 200 Jahren gültig waren, heute Krankheiten nicht mehr angemessen behandelt werden können.

Ein Beispiel dafür ist die Homöopathie. Sie wurde vor etwa 180 Jahren entwickelt. In der damaligen Zeit hatte man nur sehr ungenaue Vorstellungen über Krankheiten und ihre Behandlungsmöglichkeiten, insbesondere aber auch über die Wirkungsweise der Medikamente. Die Homöopathie hat seinerzeit einen neuen Weg aufgezeigt, um Auswirkungen von Medikamenten und Pflanzenextrakten zu Dosis und Heilerfolg in Beziehung zu setzen. Sie war damals ein wesentlicher, neuer Denkansatz.

Die Basis der Homöopathie besteht in der Überlegung, daß man »Ähnliches« mit »Ähnlichem« heilt. Es wird also angestrebt, daß bestimmte Symptome dadurch verschwinden, daß ein Medikament ähnliche Symptome hervorruft wie die Krankheit. Es ist heute möglich, gezielter und differenzierter mit Krankheit, Krankheitsursachen und Medikamenteneinsatz bzw. -wirkung umzugehen. Die Weiterentwicklung des homöopathischen Gedankengutes unter Berücksichtigung der Erkenntnisse der letzten 200 Jahre ist aus unserer ärztlichen Sicht im wesentlichen unterblieben.

Von vielen sogenannten »alternativen« Therapien wird in Anspruch genommen, daß eine Verstärkung des Abwehrsystems erfolgt. Dieser Effekt ist insbesondere für die Homöopathie nicht belegt. In aller Regel ist das allergische Asthma Folge einer überschießenden, also zu heftigen Reaktion des Abwehrsystems. Auch beim Infektasthma ist die Körperabwehr normal vorhanden. Daher ist es vor der Behandlung nicht sinnvoll, eine Abwehrschwäche anzunehmen bzw. zu behandeln. Eine bestimmte Anzahl an Infekten, an Erkältungskrankheiten kann man Ihrem Kind nicht ersparen: Erkältungskrankheiten gehören zum natürlichen Training des Immunsystems bei jedem Kind.

Die Homöopathie geht davon aus, daß durch sogenanntes Potenzieren eine bessere Behandlung einer Erkrankung möglich ist. Potenzieren bedeutet, daß ein Wirkstoff extrem verdünnt wird, so daß fast überhaupt keine Wirksubstanz mehr zum Schluß im Extrakt enthalten ist. Bisher konnte noch nicht geklärt werden, ob diese Aussage zu Recht besteht.

Sowohl in der Homöopathie als auch bei anderen Therapieformen kommen heute noch Substanzen zum Einsatz, die in der Behandlung jedweder Erkrankung nicht mehr vertretbar sind (z.B. Arsen oder hochgiftige Pflanzenextrakte). Darüber hinaus sollten Sie wissen, daß Pflanzenextrakte nur gewonnen werden, wenn sie mit Alkohol den Pflanzen entzogen werden. Somit entstehen bei der Herstellung von pflanzlichen Präparaten Schnäpse mit einem Alkoholgehalt von 30 bis 40 Volumenprozent. Wir als Kinderärzte halten das Verabreichen von Alkohol im Kindesalter, auch über Medikamente, für grundsätzlich problematisch.

Aus dem Ausland oder per Anzeige zu beziehende Medikamente (z. B. das Amborum F) müssen sehr kritisch geprüft werden. Diese Präparate sind häufig Tees, Tinkturen, sogenannte Wunderdrogen. Sehr oft konnte durch Analysen festgestellt werden, daß diese Präparate nicht deklariertes Cortison enthielten. Der Grund dafür ist die fehlende Kontrolle durch deutsche Behörden, wenn Präparate aus dem Ausland bezogen werden. Diese Präparate sind zudem meist recht teuer. Wir möchten Sie zu allerhöchster Vorsicht vor solchen unbekannten Extrakten ermutigen.

Sowohl von »Schulmedizinern« als auch »Nichtschulmedizinern« wird die Akupunktur für das Asthma propagiert. Die Akupunktur hilft für einen Kurzzeitraum von 2–6 Monaten. Danach verläuft das Asthma unverändert weiter, und auch wiederholte Akupunkturen ergeben keinen verbesserten, sogar eher einen nachlassenden Effekt.

Vor operativen Behandlungen des Asthma bronchiale möchten wir Sie ausdrücklich warnen. Diese Behandlungen haben zum Teil schwere Komplikationen zur Folge. Ihr Nutzen ist bisher keineswegs erwiesen.

Therapieformen wie Gegensensibilisieren und Symbioselenkung sind auch bei entsprechenden Kontrolluntersuchungen als unwirksam eingestuft worden.

Die Gabe von Gamma-Globulinen wird auch von vielen »Schulmedizinern« empfohlen. Zum einen ist diese Form der Therapie nicht sinnvoll, da – wie schon weiter oben ausgeführt – beim Asthma bronchiale kein Mangel an Gamma-Globulin (also Abwehrsubstanzen) vorliegt. Die Gabe von Gamma-Globulin birgt zudem das Risiko allergischer, teils auch schwerer Reaktionen. Zudem ist diese Therapieform sehr teuer.

Noch riskanter ist die Therapie mit Frischzellen, die immer wieder empfohlen wird und bereits zu Todesfällen wegen schwerer allergischer Reaktionen geführt hat.

Die sogenannte Eigenblutbehandlung gilt als »Reiztherapie«. Es soll eine Immunstimulation über eine Fiebererzeugung erfolgen, also eine Verbesserung der Abwehrkräfte. Diese Form der Therapie stammt ebenfalls noch aus einer Zeit, als es andere Medikamente für eine angemessene Asthmabehandlung nicht gab. Bisher konnte kein sinnvoller Effekt für eine Asthmabehandlung gefunden werden.

Die Ozontherapie wird ebenfalls propagiert. Auch hier ist es schon zu schweren bishin zu tödlichen Zwischenfällen gekommen. Ein positiver Einfluß der Ozontherapie auf das Asthma ist bisher von niemandem nachgewiesen worden.

Weitere Therapieformen sind Aufspüren und Berücksichtigen von Wasseradern, Neuraltherapie, Braumscheidtisieren. All diese Therapien sind beim Asthma wirkungslos und verhindern für Ihr Kind eine angemessene Asthma-Dauertherapie sowie auch ein adäquates Umgehen mit einem Asthmaanfall.

Sehr häufig wird Calcium für die Behandlung von Asthmaanfällen empfohlen. Da dem Asthma kein Calciummangel zugrunde liegt, ist diese Behandlung sinnlos. Calcium hat erhebliche Nebenwirkungen (Müdigkeit, Fahruntüchtigkeit).

Luftanfeuchter und Raumluftverbesserer bergen das Risiko einer Schimmelpilzbesiedelung (durch Kontakt von Wasser und Kunststoffoberfläche). Wenn diese Geräte erst einmal mit Schimmelpilzen besiedelt sind, so entsteht eine erhöhte Belastung Ihres Kindes mit Schimmelpilzsporen. Somit können zu den bisher vorhandenen Auslösern noch neue, allergische Auslöser hinzukommen. Daüber hinaus ist es wichtig für Sie zu wissen, daß diese Geräte weder im Dauereinsatz noch beim Akuteinsatz eine Besserung der Beschwerden bewirken.

Eine Ionisierung des Kinder- oder Wohnzimmers gelingt mit keinem der dafür angepriesenen Geräte. Somit kann auch der versprochene Effekt (Verringerung von Schadstoffteilchen, Allergenen usw.) nicht eintreten. Diese Geräte sind sehr teuer.

Die Liste der zitierten Therapieformen ist sicher unvollständig. Es kann im Rahmen dieses Buches nicht auf alle »alternativen« Heilmethoden eingegangen werden.

Für Sie als Eltern ist es sehr schwierig, Vor- und Nachteile einer Ihnen empfohlenen Behandlung zu überschauen. Wir Kinderärzte fordern von jedem von uns verordneten Medikament, daß der Einsatz und die Dosis gut begründet und auch negative Auswirkungen sowie Risiken überprüft sind. Nur so ist ein sorgfältiges Abwägen vor Einsatz eines Medikamentes möglich. Dieser Grundsatz des sorgfältigen Abwägens ist für jede andere Form der Therapie, auch für sogenannte »alternative« Therapien, zu fordern. Vor Beginn einer Behandlung, sei sie »schulmedizinisch«, »alternativ«, »naturheilkundlich« oder »homöopathisch«, sollten Sie als Eltern alle Risiken und Auswirkungen, aber auch die Effekte der empfohlenen Therapieform kennen und übersehen können.

Für jede Therapie ist zu fordern, daß sie mehr bewirkt als der sogenannte Placeboeffekt. Placeboeffekt heißt, daß auch dann, wenn Ihr Kind nur Zuckerwasser trinkt, eine Besserung des Krankheitsgeschehens allein dadurch entsteht, daß Sie und Ihr Kind an diese Besserung glauben.

Eine Behandlung muß also diesen sogenannten Placeboeffekt überschreiten.

Leider fehlt für viele »alternative« Therapiemaßnahmen dieser Vergleich mit dem Placeboeffekt.

Zusammenfassend möchten wir Sie ausdrücklich ermuntern, mit Ihrem betreuenden Arzt zu sprechen, sofern Sie eine »alternative« Therapiemaßnahme planen. Sie als Eltern sollten in der Lage sein, zu überschauen, ob durch den Einsatz »alternativer« Therapiemaßnahmen eine Asthmaunterbehandlung in der Dauertherapie oder auch das Risiko schwerer lebensgefährlicher Asthmaanfälle entsteht. Jedwede Asthmatherapie für Ihr Kind soll angemessen sein und völlige Beschwerdefreiheit in der Dauerbehandlung sowie im Anfall rasche und vollständige Beseitigung der Beschwerden zum Ziel haben. Dabei können sogenannte »alternative« Maßnahmen – sofern sie ungefährlich sind – parallel zu einer angemessenen medikamentösen Asthmatherapie durchaus eingesetzt werden.

≡ **Die Lösung des Kinderrätsels:**

»Lufti ist der Größte«

Literatur zum Thema

Bücher für Erwachsene

Angehrn, W./Perris, L.-E./Kraemer, R.: Wir haben ein Asthma-Kind. Kösel, München, 1987.

Arbeitsgemeinschaft Allergiekrankes Kind: Unser Kind ist allergisch. Ravensburger Buchverlag, 1989.

Blume, A.: Den Umständen entsprechend optimistisch. Rororo-Verlag, 1987 (vergriffen).

Friedrich, S./Friebel, V.: Entspannung für Kinder. Rowohlt, Reinbek bei Hamburg, 1989.

Hausen, T.: Endlich freier atmen. Birkhäuser-Verlag, Basel, Boston, Berlin, 1991.

Kruse, W.: Entspannung. Deutscher Ärzte-Verlag, Köln, 1988.

Lecheler, J. u. Fischer, J.: Bewegung und Sport bei Asthma bronchiale. Echo-Verlags-GmbH, Köln, 1990.

Nolte, D.: Sprechstunde Asthma. Gräfe- und Unze-Verlag, München, 1982.

Paul, K.: Asthma bei Kindern. Springer-Verlag, Berlin, Heidelberg, New York, 1991.

Petermann, F./Nöker, M./Bode, U.: Psychologie chronischer Krankheiten im Kindes- und Jugendalter. Psychologische Verlagsunion, München, 1987.

Richter, E.: Ich habe Asthma – mir geht es trotzdem gut. TRIAS, 1989.

Wanschura, E. und J. Katschning, H. u. H.: Familientherapie in den Ferien – ein Modell. Klett-Cotta, Stuttgart, 1986.

Zenker, W.: Mein Kind hat Asthma. Econ, Düsseldorf, 1984.

Zenker, W.: Mit Asthma leben lernen. Econ, Düsseldorf, 1987.

=== Bücher für Kinder

Gydal, M./Danielson, T.: Ole kommt ins Krankenhaus. Carlsen, Reinbek bei Hamburg, 1979.

Kaufmann, J.: Mein erstes Buch vom Körper. Otto Maier Verlag, Ravensburg, 1976.

Müller, E.: Du spürst unter Deinen Füßen das Gras. S. Fischer, Frankfurt/M., 1991.

Müller, E.: Auf der Silberstraße des Mondes. S. Fischer, Frankfurt/ M., 1988.

Rettich, M.: Jan und Julia sind krank. Fr. Oetinger, Hamburg, 1978.

Schmidt, H./Merz, C.: Komm mit mir ins Krankenhaus. Herder, Freiburg, 1990.

Schmidt, W.: Peter kommt ins Krankenhaus. Schwann, Düsseldorf, 1981

Selig, R./Arnold, K.: Anna macht mit. Ellermann, München, 1989.

≡ **Anschriften von Selbsthilfegruppen**

Allergiker- und Asthmatikerverband e.V., Hindenburgstraße 10, 4050 Mönchengladbach 1, Tel.: 0 21 61/1 02 07

Arbeitsgemeinschaft Allergiekrankes Kind e.V., Hauptstraße 29, 6348 Herborn, Tel.: 0 27 72/4 12 37

Deutsche Liga zur Bekämpfung der Atemwegserkrankungen e.V., Postfach 12 80, 4792 Bad Lippspringe, Tel.: 0 52 52/2 85 01

☰ Anschriften von Schulungseinrichtungen

Lungenklinik Heckeshorn
Arbeitsgruppe Puste mal
Am großen Wannsee
1000 Berlin 39

Kinderkrankenhaus
Wilhelmstift
Liliencronstraße 130
2000 Hamburg 73

Klinikum Berlin-Buch
Arbeitsgruppe »Pfiffikus«
Kinderklinik
Karowerstraße 11
1000 Berlin-Buch

Kindersanatorium Sattel-
düne der LVA Schleswig-
Holstein
2278 Nebel/Amrum

Fachklinik für Kinder und
Jugendliche der LVA
Hamburg
Steinmannstraße 52–54
2280 Westerland (Sylt)

Jugenddorf Garz (Rügen)
Fachklinik für Allergie-
und Asthmakranke Kinder
und Jugendliche
Putbusser Straße 11
2342 Garz (Rügen)

Klinik für Kinderheilkunde
der Wilhelm-Pieck-Univer-
sität
Rembrandtstraße 16/17
2500 Rostock

Reha-Zentrum im Ostsee-
heilbad Graal-Müritz
Rostocker Str. 16
2553 Graal-Müritz

Kinderambulanz
der Universität Bremen
(Bremer Asthma-Training)
Grazer Straße 2
2800 Bremen 33

Projekt Aufwind/Olden-
burg
Theaterwall 24
2900 Oldenburg

Kinderkrankenhaus
Seehospiz
Arbeitsgruppe Strandläu-
fer
Postfach 15 63
Benekestraße 27
2982 Norderney

Kinderhospital Osnabrück
Luftiku(r)s-Team
Iburger Straße 187
4500 Osnabrück

Universitäts-Kinderklinik
St. Josef-Hospital-Bochum
Arbeitsgruppe Pusteblume
Alexandrinenstraße 5
4630 Bochum

Stadtkrankenhaus Soest
Arbeitsgruppe
»Aktion Pusteblume«
Senator-Schwartz-Ring 8
4770 Soest

Auguste-Victoria- und
Cecilien-Stift
Arbeitsgruppe ABC der
Atmung
Auguste-Victoria-Allee 6–8
4792 Bad Lippspringe

FAAK Köln
Arbeitsgruppe SPAK
Kinderkrankenhaus der
Stadt Köln
Amsterdamer Straße 59
5000 Köln 60 (Riehl)

Gesundheitsamt der Stadt
Leverkusen
Postfach 10 11 40
5090 Leverkusen 1

Kinderklinik der Med.
Einrichtungen der RWTH
Pauwelsstraße 30
5100 Aachen

Medizinisches Zentrum für
Kinderheilkunde der
Justus-Liebig-Universität
Gießen
Feulgenstraße 12
6300 Gießen

Fachklinik für Atemwegs-
erkrankungen
Am Vogelherd 4
7988 Wangen im Allgäu

Jugenddorf Buchenhöhe
Asthmazentrum
Buchenhöhe 46
8240 Berchtesgaden

Kinderkurklinik
Scheidegg/Allgäu
8999 Scheidegg/Allgäu

Hochgebirgsklinik Davos-
Wolfgang
CH-7265 Davos-Wolfang

Universitäts-Kinderklinik
Innsbruck
Anichstraße 35
A-6020 Innsbruck

≡ Asthma-Vereinigungen in der Schweiz

Schweiz.
Elternvereinigung
Asthma- und Allergiekran-
ker Kinder
Zentralsekretariat
Frau Maja Isler
Schaufelgrabenweg 28
CH-3033 Wohlen
Tel.: 031/920 00 42

Zentralsekretariat der
Schweiz. Vereinigung
gegen Tuberkulose und
Lungenkrankheiten
Fischerweg 9
Postfach 22 46
CH-3001 Bern
Tel.: 031/24 08 22

Vereinigung »DAS BAND«
Zentralsekretariat
Gryphenhübeliweg 40
Postfach
CH-3000 Bern 6
Tel.: 031/44 11 38

≡ Erklärung der Fremdwörter

Kleines Lexikon

Aerosol

In Luft schwebende feste oder flüssige Teilchen

Akut

Plötzlich auftretend

Allergen

Eine Substanz, die vom Körper als fremd erkannt wird und auf die das Abwehrsystem reagiert (Immunreaktion)

Allergische Krankheit

Überschießende Immunreaktion auf ein Allergen. Es kommt dabei zu Krankheitssymptomen

Alveole (Lungenbläschen)

Hier findet der Sauerstoff- und Kohlendioxidaustausch zwischen Luft und Blut statt

Ambulant

Betreuung ohne stationäre Aufnahme in das Krankenhaus

Anamnese

Krankenvorgeschichte

Anaphylaktischer Schock

Heftigste Überempfindlichkeitsreaktion, die neben Nesselfieber, Asthmaanfall und anderen allergischen Symptomen zum Kreislaufkollaps und evtl. zur Bewußtlosigkeit führt

Antibiotika

Medikamente zur Bekämpfung von Bakterien

Antigen

Substanz, die vom Körper als fremd erkannt wird und eine Abwehrreaktion auslöst (z. B. Viren, Bakterien, Pollen, Milben)

Antihistaminika

Medikamente, die die Wirkung von Histamin abschwächen

Antikörper

Vom Körper gebildete Stoffe, die als Reaktion auf ein Antigen gebildet werden und dieses bekämpfen

Asthma bronchiale

Rückbildungsfähige Bronchial-Entzündung infolge Überempfindlichkeit der Bronchien auf verschiedene Reize

Atemwege

Mund, Nase, Rachen, Kehlkopf, Luftröhre, Bronchien und Lungenbläschen

Atopie

Angeborene Bereitschaft zu allergischen Erkrankungen (Asthma bronchiale, Neurodermitis, Heuschnupfen etc.)

Autogenes Training

Eine spezielle Form von Entspannungsübungen, die u. a. Angst entgegenwirken

Bewältigen

Entwicklung eines angemessenen Umgangs mit einer Krankheit. Bewältigen ist ein psychologischer Prozeß

Blutspiegel

Der Blutspiegel eines Medikamentes, der nach einer Blutentnahme bestimmt wird, gibt die Konzentration im Blut an

Bodyplethysmographie

Lungenfunktionsuntersuchung in einer abgeschlossenen Kammer

Bronchien

Mehrzahl von Bronchus. Äste im Anschluß an die Luftröhre, die zu den Lungenbläschen führen

Bronchiolus

Bronchiole, kleinster Bronchus

Bronchitis

Entzündung der Bronchien

Bronchospasmolytika

Medikamente, die die Bronchien erweitern durch Erschlaffung der Bronchialmuskulatur

Bronchospasmus

Bronchokonstriktion. Verengung der Bronchien durch Anspannung der Bronchialmuskulatur

Brustwickel

Ausführung siehe Seite 136

Chronisch

Langandauernd

»Die Drei Dicken«

Bei einsetzender Luftnot verdikken sich »Die Drei Dicken«: Schleimhaut, Schleim, Muskulatur

Dosier-Aerosol

Kleines Druckgasgerät (Spray) zur Erzeugung eines Aerosols

Dyspnoe

Atemnot

Exspiration

Ausatmung

Extrinsic-Asthma

Von außen kommendes z. B. allergisches Asthma

Emphysem

Überblähung

Histamin

Vom Körper gebildete Substanz, die u. a. in Mastzellen gespeichert ist. Bei Kontakt mit Allergenen kommt es zur Freisetzung von Histamin, welches dann Symptome auslöst, z. B. einen Asthmaanfall oder eine Quaddel

Hypersekretion

Vermehrte Schleimabsonderung

Hyposensibilisierung

Minderung der Überempfindlichkeit bei Allergikern. Durch
dosiert gesteigerte Zufuhr kleiner Mengen stufenweise Gewöh-
nung des Körpers an Allergene

Immunreaktion

Reaktion des körpereigenen
Abwehrsystems

Indikation

Heilanzeige; Anlaß, ein Medikament anzuwenden

Infektion

Kontakt des Körpers mit Erre-
gern (z. B. Viren, Bakterien). Die
Reaktion des Körpers ist die dar-
auffolgende Entzündung

Inhalation

Einatmung

Inhalationshilfe

Eine Verneblungskammer aus
Plastik (auch Spacer genannt),
die als Hilfsmittel dient, damit
eine optimale Inhalation von
Sprays gewährleistet ist

intravenös

in die Vene

Intrinsic-Asthma

Von innen kommendes, nicht
allergisches Asthma

Kontraindikation

Gegenanzeige, bei der ein Medikament nicht angewendet werden darf

Lokal

Örtlich

Lungendetektiv

Eine Methode der Selbstbeurteilung, mit der man ohne Hilfsge-
räte feststellen kann, wie es der
Lunge geht (s. Seite 40)

Mastzellen

Mastzellen sind eine besondere
Art von weißen Blutkörperchen,
welche u. a. Histamin enthalten.
Wenn sich ein Allergen an eine
Mastzelle anlagert, werden
Histamin und andere Substanzen freigesetzt. Diese Substanzen bewirken die Beschwerden,
z. B. einen Asthmaanfall

Medikamentensymbole:

Kochsalzlösung

DNCG/Intal

BETAMIMETIKA wie z. B. Sultanol

Atrovent

**Kombinationspräparate
in Form von Dosier-Aerosolen**

Aarane, Allergospasmin
(DNCG/Intal und Sultanol)

**THEOPHYLLINPRÄPARATE wie z. B.
Euphyllin, Pulmidur, Phyllotemp,
Bronchoretard**

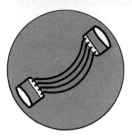

**CORTISON als Spray wie z. B. Pulmi-
cort, Sanasthmyl, Sanasthmax**

**CORTISON als Tablette wie z. B. Pred-
nison, Ultracorten**

Obstruktion
Verengung der Bronchien

Ödem

Gewebeanschwellung durch Wassereinlagerung

Oral

Durch den Mund

Peak-flow

Maximale Luftströmung bei der Ausatmung

Peak-flow-Meter

Gerät zur Messung des Peak-flows

Pollinosis

Heuschnupfen, ausgelöst durch Pollen (Blütenstaub)

Prick-Test

Allergie-Hauttest

Prophylaxe

Vorbeugung einer Krankheit

Provokationstest

Allergie-Test, bei dem das über-empfindliche Organ (z. B. Nase, Bronchien) Allergenen kontrol-liert ausgesetzt wird, um eine mögliche allergische Reaktion zu messen

RAST-Test

Allergie-Bluttest, bei dem Anti-körper gegen bestimmte Aller-gene gemessen werden

Respiration

Atmung

»Retard«

Das Medikament ist so zuberei-tet, das es eine langdauernde, gleichmäßige Freisetzung des Wirkstoffes ermöglicht

Sekret

Schleim

Sekretolyse

Schleimlösung

Sensibilisierung

Entstehung einer Überempfind-lichkeit nach einem Kontakt des Körpers mit einem Allergen

Spastik

(wie Obstruktion): eine Ver-krampfung und Verengung der Atemwege

Status asthmaticus

Schwerer Asthmaanfall, der über 12 Stunden dauert

Subkutan

unter die Haut gespritzt

Symptom

Beschwerden, die man bei einer Erkrankung spürt oder bemerkt

Synkopaler Asthmaanfall

Plötzlicher schwerer Asthma-anfall mit Bewußtlosigkeit und Sauerstoffunterversorgung

Thorax

Brustkorb

Ventilation

Belüftung der Atemwege

Zyanose

Blaufärbung durch Sauerstoff-mangel

Sachverzeichnis Elternteil